图书馆精选文丛

西绪福斯神话

〔法〕阿尔贝·加缪 著　郭宏安 译

Simplified Chinese Copyright © 2021 by SDX Joint Publishing Company.
All Rights Reserved.

本作品简体中文版权由生活·读书·新知三联书店所有。
未经许可，不得翻印。

图书在版编目（CIP）数据

西绪福斯神话／（法）阿尔贝·加缪著；郭宏安译．—北京：
生活·读书·新知三联书店，2021.1
（图书馆精选文丛）
ISBN 978-7-108-06989-4

Ⅰ.①西… Ⅱ.①阿… ②郭… Ⅲ.①散文集-法国-现代
Ⅳ.① I565.65

中国版本图书馆 CIP 数据核字（2020）第 219416 号

责任编辑	李学平
装帧设计	刘　洋
责任印制	肖洁茹

出版发行　**生活·讀書·新知** 三联书店
　　　　　（北京市东城区美术馆东街 22 号 100010）
网　　址　www.sdxjpc.com
经　　销　新华书店
印　　刷　北京市松源印刷有限公司
版　　次　2021 年 1 月北京第 1 版
　　　　　2021 年 1 月北京第 1 次印刷
开　　本　880 毫米×1230 毫米　1/32　印张 6
字　　数　93 千字
印　　数　0,001-6,000 册
定　　价　29.00 元

（印装查询：01064002715；邮购查询：01084010542）

写在前面

阿尔贝·加缪，法国小说家、哲学家、戏剧家、评论家，被称为存在主义文学和"荒诞哲学"的代表人物。加缪于1957年以《鼠疫》、《局外人》、《堕落》等作品所取得的成就而获得诺贝尔文学奖，1960年遭遇车祸，不幸去世，时年47岁。这本《西绪福斯神话》是作者二十几岁时创作的。

西绪福斯的故事是这样的：柯林斯国王西绪福斯在地狱中受神的惩罚，他要把一块巨石推上山顶，但石头因自身的重量又滚下山去，西绪福斯又要下山重新推巨石上山，如此周而复始，没有穷尽。在神看来，这无用而绝望的劳动是最大的惩罚。这是一则希腊神话，加缪却从中看出人生的荒诞。人每天起床、电车、工作、吃饭、工作、吃饭、睡觉,一天复一天,一周复一周……面对世界,人孤立无援,每个人都是西绪福斯,承担着无意义的世界,始于荒诞,至于无穷。因此,加缪上来劈头就是一记断喝:"只有一个真正严肃的哲学问题,那就是自杀。判断人生值得过与否,就是回答哲学的基本问题。"人的荒诞感首先来自身不由己,人既不能决定自己的生,也不能决定自己的死,中间生老病死的过程又是一眼可以看穿,乏味不可避免。也许只有自杀才是对这种荒诞感的真正反抗,也即我的生命我做主。

然而,生命果然如此悲观,如此不值一过吗?加缪的答案是否定的。当西绪福斯历尽艰难把巨石推上山顶,眼见它滚落,而后平静地走向平原,在加缪看来,西绪福斯是怀着喜悦一次次走向平原的。这位"神的无产者,无能为力而又在反抗",以其对生命的激情和对神的蔑视变得无比强大,从而超越命运的摆布。"没有轻蔑克服不了的命运。"由此推理,加缪判断:西绪福斯是幸福的。

加缪认为,荒诞的不是人本身,也不是客观世界,而是存在于两者的共存中。换句话说,是关系、人与世界的关系导致了荒诞。郭宏安对此有准确的叙述:"一方面是人类对于清晰、明确和同一的追求;另一方面是世界的模糊、矛盾和杂多。也就是说,对于人类追求绝对可靠的认识的强烈愿望,世界报以不可理喻的、神秘的沉默,两者处于永恒的对立状态,而荒诞正是这种对立状态的产物。"既然荒诞与生俱来,且无终结,那留给人的就是直面生活,穷尽所有,幸福也许就存在于无视荒诞、反抗命运之中。

在上世纪80年代,三联书店曾出版过本书杜小真译本,名为《西西弗神话》。此次新版刊印的是郭宏安译本。

生活·讀書·新知三联书店
2013年9月

目录

荒诞的推理 3
荒诞与自杀 5
荒诞的墙 14
哲学上的自杀 33
荒诞的自由 61

荒诞的人 79
唐璜作风 85
戏　剧 94
征　服 103

荒诞的创造 113

哲学和小说 115

基里洛夫 128

没有前途的创造 140

西绪福斯神话 147

附录：弗朗茨·卡夫卡作品中的希望与荒诞 153

代后记：荒诞·反抗·幸福（郭宏安）........... 170

献 给

帕斯卡尔·皮亚①

---

① 帕斯卡尔·皮亚(1903—1979),法国当代作家,记者,插画作家。

我的灵魂啊,勿求永生,
耗尽一切可能的领域吧。

——品达罗斯①
(特尔斐竞技会颂歌之三)

---

① 品达罗斯(约公元前518—前442或前438),旧译品达,古希腊诗人。

荒诞的推理

  本书论述的是一种散见于本世纪的荒诞感，严格地说，并非我们时代尚不熟悉的荒诞哲学。我首先要指出它在哪些地方得力于当代的某些思想，这是一种起码的诚实。我不想掩饰这一点，人们会看到我在整个作品中对此加以引述和评论。

  到目前为止一直被当作结论的荒诞，在本文中它却被看作是出发点了，同时指出这一点是有益的。在这个意义上，可以说在我的评论中有着暂时的东西，人们不能预料到它所采取的立场。这里，人们只会看到对处于纯粹状态中的思想病所进行的描述。此刻还不曾有任何玄想、任何信仰混入。这是本书的界限和唯一的主张。

荒诞与自杀

只有一个真正严肃的哲学问题，那就是自杀。判断人生值得过与否，就是回答哲学的基本问题。其余的，如世界是否是三维的，精神是否有九个或十二个等级，都在其次。这些都是无足轻重的事。但首先必须回答。假使果然如尼采所愿，一个哲学家为了受人尊敬应该以身作则，[1]那么，人们就理解了这一回答的重要性，因为它后面就是决定性的行动了。这是心灵容易感觉到的明显的事情，但是还应加以深化，使之在人们的思想里清晰起来。

假如有人问，根据什么判断某个问题比另一个问题更为紧迫，我的回答是，根据它所采取的行动。我

---

[1] 参见尼采《非现实的考虑》中的《教育者叔本华》第3章。——原编者注

从未见过一个人为了本体论的理由而死。伽利略掌握了一个重要的科学真理，但当这个真理使他有生命之虞的时候，他就最轻松不过地放弃了它。在某种意义上，他做对了。这个真理能值几文，连火刑使用的柴堆都不如。地球和太阳谁围绕着谁转，从根本上说是无关紧要的。说到底，这是一个微不足道的问题。相反，我看见许多人死了，是因为他们认为人生不值得过下去。我也看到另外一些人为了那些本应使他活下去的思想或幻想而反常地自杀了（人们称之为生的理由同时也是绝好的死的理由）。我由此断定，人生的意义是最紧迫的问题。如何回答这一问题呢？在所有的基本问题上，我指的是驱人去死的问题或者十倍地增强生之激情的问题，大概只有两种思想的方式，一种是拉帕利斯①的，一种是堂吉诃德的。唯有事实和抒情之间的平衡才能使我们同时得到感动和明晰。在一个既平常又哀婉动人的主题中，可以想象，深奥的、古典的论证应该让位于一种同时出自常理和同情的更为谦逊的精神姿态。

---

① 拉帕利斯（1470—1525），法国名将。他的部下歌颂他的英勇："死前一刻钟，他依然活着。"

人们从来只是把自杀当作一种社会现象来处理。这里正相反，问题首先在于个人的思想和自杀之间的关系。这样的一个行动如同一件伟大的作品，是在心灵的沉寂中酝酿着的。当事人并不知道。一天晚上，他开枪了，或者投水了。一个房屋管理人自杀了，一天有人对我说，他失去女儿已有五年，从那以后他变得厉害，此事"毁了他"。再没有比这更确切的词了。开始想，就是开始被毁。对如此开始的阶段，社会是没有多大干系的。蛀虫存在于人的心中。应该到那儿去寻找它。这是一次死亡游戏，从清醒地面对生存发展到逃避光明，都应该跟随它，理解它。

一起自杀有多种原因，一般说来，最明显的原因并不是最起作用的原因。人很少（但不排除假设）经过考虑而自杀。触发危机的东西几乎总是无法核实的。报纸常说"隐忧"或"不治之症"。这些解释是站得住脚的。但是应该知道自杀者的朋友那天跟他说话时的口气是否无动于衷。此君正是罪人。因为这足以加速还处于悬而未决状态的一切怨恨和厌倦①而走上绝路。

---

① 我们要借此机会指出本文的相对性。自杀的确可以跟更多赢得尊敬的考虑相联系。例如，在中国革命中，有所谓表示抗议的政治自杀。——作者原注

但是，如果说确定准确的时间、确定精神把赌注押在死亡上的细微动作是困难的话，那么，看到行动本身所意味着的后果就不那么难了。在某种意义上说，如同在情节剧中一样，自杀就是招供。招供他已被生活所超越或者他并不理解生活。让我们不要在这些类比中走得太远，还是回到常用的词上来吧。那只是招认"不值得活下去了"。当然，生活从来就不是容易的事。人们不断地做出存在所要求的举动，这是为了许多原因，其中第一条就是习惯。自愿的死亡意味着承认，甚至是本能地承认这种习惯的可笑性，承认活着没有任何深刻的理由，承认每日的骚动之无理性和痛苦之无益。

究竟是什么难以估量的情感使精神失去了其生存所必需的睡眠呢？一个能用歪理来解释的世界，还是一个熟悉的世界，但是在一个突然被剥夺了幻觉和光明的宇宙中，人就感到自己是个局外人。这种放逐无可救药，因为人被剥夺了对故乡的回忆和对乐土的希望。这种人和生活的分离，演员和布景的分离，正是荒诞感。所有健康的人都想过他们的自杀，无须更多的解释，人们便可承认，在这种感情和对虚无的向往之间有着一种直接的联系。

本文的主题正是荒诞和自杀之间的这种关系，自杀作为荒诞的一种解决的确切手段。原则上可以确定，对一个遵守常规的人来说，他信以为真的东西应该支配他的行动。因而相信生存荒诞的人就应该以此来左右他的行为了。明确地、不动虚假的悲怆感情地自问这一现实问题的结果是否要求人们尽快摆脱一种不可理解的状况，这是一种合情合理的好奇心。当然，我这里说的是那些打算和自己取得一致的人。

这个问题用明确的语言提出来，可以显得既简单而又难以解决。但是，简单的问题带来同样简单的回答，明显导致明显，这样的假设却是错误的。首先并且把问题的措辞颠倒一下，如同人自杀或不自杀，似乎只有两种哲学的解决办法，一种是"是"，一种是"否"。那就太妙了。但是还应考虑到那个总提问、却没有结论的人。这里我只略带点讥讽味道，因为他们是大多数。我也看见有些人嘴上说"否"，行动起来却好像心里想的是"是"一样。事实上，如果我接受尼采的标准，①他们这样想也好，那样想也好，想的

---

① 参见尼采《反基督者》，第1章：《权力意志》，第463、476页。——原编者注

的确是"是"。相反,自杀者却常常是确信生活意义的人。这种矛盾是经常的。甚至可以说,矛盾从来也没有像在相反的逻辑看来如此令人向往的时候那样尖锐。比较哲学的理论和宣扬这些理论者的行为,这是老一套了。但是必须指出,在所有拒绝给予人生一种意义的思想家中,除了属于文学的基里洛夫、① 出自传说②的波勒格里诺、③ 处于假说范围之中的儒勒·勒基埃④ 之外,没有人同意他的逻辑直至否定人生。人们常常为了取笑而提到叔本华在丰盛的餐桌前赞颂自杀。此举毫无可笑之处。这种不把悲剧当回事的方式不那么严肃,但是它最终对当事人做出了判断。

面对这些矛盾和难解之处,难道应该认为在人对生活可能具有的看法和他为离弃生活所做出的举动之间没有任何联系吗?在这方面我们不要有任何夸张。在一个人对生命的依恋之中,有着比世界上任何苦难

---

① 陀思妥耶夫斯基的小说《群魔》中的一个人物。
② 我听说波勒格里诺的一位竞争者,一位战后的作家,写了第一本书之后便自杀,以求引起人们对他的作品的注意。的确引起了注意,但书却被认为低劣。——作者原注
③ 波勒格里诺是犬儒派哲学家,公元165年于奥林匹克运动会后自焚。
④ 儒勒·勒基埃(1814—1862),法国哲学家,于海上神秘失踪。

都更强大的东西。肉体的判断并不亚于精神的判断，而肉体在毁灭面前是要后退的。我们先得到活着的习惯，然后才获得思想的习惯。在我们朝着死亡的一日快似一日的奔跑中，肉体始终处于领先地位。总之，这个矛盾的本质存在于我称之为躲闪的东西之中，因为这种躲闪既比帕斯卡所说的移开少点什么，又比他所说的移开多点什么。致命的躲闪形成本文的第三个主题，即希望。对另一种"值得生存"的生活的希望，或对那些活着不是为了生活本身而是为了某种伟大思想，以致超越生活并使之理想化的人的弄虚作假，它们都给予了生活一种意义，并且也背叛了生活。

这样，什么都把问题弄得复杂了。迄今为止，人们一直在玩弄辞藻，装作相信拒绝赋予人生一种意义势必导致宣布人生不值得过，而且这也并非徒劳。事实上，这两种判断之间并没有任何强制性的尺度。只是应该不要被上述的混乱、不一致和不合逻辑引入歧途。必须排除一切，直奔真正的问题。人自杀，因为人生不值得过，这无疑是一个真理，不过这真理是贫乏的，因为它是一种自明之理。然而，这种加于存在的凌辱，这种存在被投入其中的失望，是否来自存在的毫无意义呢？它的荒诞一定要求人们通过希望或者自杀来逃避它吗？这是在排除其余的一切的同时需要揭示、探究和阐明的。荒诞是否要求死亡，应该在一切思想方法和一切无私精神的作用之外，给予这个问题以优先权。差异、矛盾、"客观的"精神总是善于引入各种问题之中的心理，在这种探索和这种激情中都没有位置。其中只需要一种没有理由的思想，即逻辑。这并不容易。合乎逻辑是轻而易举的。但把逻辑贯彻到底，这几乎是不可能的。死于自己之手的人就是这样沿着他们感情的斜坡一直滚到底的。关于自杀的思考使我有机会提出我感兴趣的唯一问题：有一个一直到死亡的逻辑吗？只是在不带混乱的激情而单凭明显的事实的引导来继续我在这里指明其根源的推理的时候，我才能够知道。这就是我所谓的荒诞的推理。许多人已经开始了。我还不知道他们是否在坚持。

当卡尔·雅斯贝尔斯①揭示了使世界成为统一体之不可能时，喊道："这种限制把我引向自我，在那里，我不再躲在一种我只会表现的客观的观点之后，在那里，自我和他人的存在都不再能成为我的对

---

① 雅斯贝尔斯（1883—1969），德国存在主义哲学家。

象了。"①他在许多人之后又让人想起思想已达其边缘的那些荒凉干涸的地方。在许多人之后,大概是这样吧,但有多少急于摆脱困境的人!许多人,而且还是最卑微的人中的许多人都到达过这个思想摇摆的最后的拐弯处。他们于是放弃了他们曾经最为珍贵的生命。另一些人,他们是精神的王子,他们也放弃,但他们进行的却是他们的思想在其最纯粹的反抗中的自杀。相反,真正的努力在于尽可能地坚持,在于仔细考察这遥远国度的怪异的草木。持久性和洞察力是这场荒诞、希望和死亡相互辩驳的不合人情的游戏中享有特权的观众。这个舞蹈既是基本的,又是细腻的,精神可以先分析其形象,然后再阐明之,并且再次亲身体验之。

---

① 语出海德格尔《存在的哲学》,转引自雅娜·海尔什《哲学的幻象》,阿尔康版,1963年,第157页。——原编者注

荒诞的墙

像伟大的作品一样，深刻的感情总是包含着比它有意识表达的更多的意义。在行动和思想的习惯中，到处都存在着心灵中的运动或排斥的恒定，并在心灵自己也不知道的后果之中继续进行下去。伟大的感情到处都带着自己的宇宙，辉煌的或悲惨的宇宙。它用激情照亮了一个排外的世界，并在其中找到了合适的气候。有一个妒忌的、有野心的、自私的或慷慨的宇宙。一个宇宙，就是一种玄想和一种精神姿态。对于已经专门化的感情来说是真实的东西，对于作为其基础的不明确的激动来说就更是真实的了，这种激动如同美给予我们的或者荒诞所引起的一样，既模糊又"确定"，既遥远又"现实"。

荒诞感可以在随便哪条街的拐弯处打在随便哪个人的脸上。它就是这样，赤裸得令人懊恼，明亮却没有光芒，它是难得有把握的。然而，这种困难本身就值得思索。这很可能是真的：一个人对我们来说永远是陌生的，他身上总是有某种我们抓不住的不可制服的东西。但实际上，我认识一些人，我从他们的行为、他们全部的行动、他们在生活中走过时所引起的后果认出他们。同样，所有那些分析无从下手的非理性的感觉，我实际上能够加以确定，加以评价，方式是将其后果纳入智力的范围、抓住并记下其面貌、勾勒其天地等等。当然，我可能见过一位演员一百次，却并未因此而对他本人有更好的了解。但是，如果我把他扮演的角色集中起来，如果我说我在他演第一百个人物时对他有了稍微进一步的了解，人们可以感到这里面有部分的真理。因为表面上的反常现象也是一种寓言。它有一种教训。其教训是，一个人可以通过真诚的冲动显示其本色，也同样可以通过演戏显示其本色。一种更低的口吻，一些无动于衷的感情（这些感情可以由它们激起的行动部分地、不忠实地表现出来）以及它们所意味着的精神姿态，也同样是如此。人们感到我就这样确定了一种方法。但是，人们也感到这是分析的而不是认识的方法，因为这种方法包含着玄想，这些玄想不自觉地暴露出它们有时声称还不知道的一些结论。这样，一本书的最后几页就已经出现在它的最初几页中了。这种扭结是不可避免的。这里确定的方法公开表明这种感觉，即全真的认识是不可能的。只有外表是可以计数的，其环境是可以感觉到的。

这种不可把握的荒诞感，我们现在也许可以在智力的、生活艺术的或简单地说艺术的不同的、然而是友爱的世界中触及到。荒诞的气氛存在于开始。结局是荒诞的宇宙和那种用自己的光照亮世界的精神姿态，它照亮这世界是为了使享有特权的、无情的面目放出光辉，而它知道如何辨认这些面目。

一切伟大的行动和一切伟大的思想都有一个可笑的开端。伟大的作品常常诞生在一条街的拐角或一家饭馆的小门厅里。荒诞也如此。荒诞的世界比起其他的来更是从这种悲惨诞生中获得它的高贵。对一个人来说，在某些场合对有关他的思想的本质的问题回答"无"可能成为一种欺骗。被爱的人很知道这一点。但是，如果这一回答是真诚的，如果它形象地表现出这种奇特的精神状态：虚无变得雄辩,日常行动的链条被打断,心灵徒劳地寻找连接链条的环节,那么,这一回答就成了荒诞的第一个标志。

有时候布景倒塌了。起床、电车、四小时办公室或工厂里的工作、吃饭、电车、四小时的工作、吃饭、睡觉,星期一二三四五六,总是一个节奏,大部分时间里都轻易地循着这条路走下去。仅仅有一天,产生了"为什么"的疑问,于是,在这种带有惊讶色彩的厌倦中一切就开始了。"开始",这是重要的。厌倦出现于一种机械的生活的各种行动的结尾,但它也同时开始了意识的运动。它唤醒这运动,激起下文。而下文正是无意识地回到链条中去,或是最后的觉醒。随着时间而来的,是觉醒之余的后果:自杀或者恢复常态。厌倦本身具有某种令人厌恶的东西。我应该说在这里它是好的。因为一切都以意识开始,一切都因意识而有价值。这些看法并无任何独特之处。它们都是不言自明的:要粗略地认识荒诞的根源,眼下这也足够了。简单的忧虑乃一切之始。[1]

---

[1] 参见海德格尔《存在和时间》,转引自居尔维奇《德国哲学的当前倾向》,弗兰版,1930年,第210页。——原编者注

同样，时间支配我们，对于一种暗淡无光的生活来说，更是天天如此。但是总有些时候我们必须支配时间。我们是靠未来生活的："明天"，"以后"，"等你混出来的时候"，"长大了你会明白的"。这些自相矛盾的事情是值得钦佩的，因为终于说到了死。总有那么一天，人发现或者说他已三十岁了。他就这样确认了他的青春。但是同时，他也确定了他对时间的位置。他有了自己的位置。他承认他处于一条曲线的某一点上，而这条曲线他已表明是要跑完的，他自身归属于时间，从这种攫住他的恐惧中，他认出了自己最凶恶的敌人。明天，他希望着明天，可他本该是拒绝的。肉体的这种反抗，就是荒诞。①

再低一级就到了陌生性：觉察到世界是"厚的"，瞥见一块石头可以陌生到何种程度，这对我们来说是不可克服的，大自然，例如一片风景是可以多么强烈地否定我们啊。在任何美的深处，都潜藏着某种非人的东西，这些山丘，天空的柔情，树木的图画，转眼间就失去了我们赋予它们的幻想的含

---

① 但这并不是就本来意义说的。问题不在于定义，而在于列举一些能够包含荒诞的感觉。列举已毕，但是荒诞并未穷尽。——作者原注

义，从此比失去的天堂更远了。世界最初的敌意越过数千年，又朝我们追来。我们片刻对它不再理解了，因为若干世纪中，我们只把它理解为我们事先赋予它的那些形象和图画，因为此后我们已无力再使用这种人为的方法了。我们把握不住世界了，因为它又变成了它自己。这些由习惯蒙上假面的布景又恢复了本来面目。它们离开了我们。同样，有些时候，在一个女人的熟悉的面目下面，人们会把他几个月或几年以前爱过的女人当作陌生人，也许我们竟会渴望得到突然使我们感到如此孤独的那种东西。然而时候还未到。唯一的一件事：世界的这种厚度和这种陌生性，就是荒诞。

人也散发出非人的东西。在某些清醒的时刻，他们的举动的机械的面貌，他们的没有意义的矫揉造作都使他们周围的一切变得愚蠢。一个人在玻璃隔墙后面打电话，人们听不见他说话，但看得见他的无意义的手势：于是就想他为什么活着。这种面对人本身的非人性所感到的不适，这种面对着我们自己的形象的无法估量的堕落，这种如当代一位作者[①]所说的

[①] 指萨特。他的小说《恶心》发表于1938年。

"恶心",也是荒诞。同样,某些时候在镜子里朝我们走来的陌生人,我们在自己的照片中看见的那个亲切然而令人不安的兄弟,仍然是荒诞。

我终于要说到死以及我们对它的感觉了。对此话已说尽,避免悲天悯人还是审慎的。人人都活着,好像谁也"不知道"似的,对此人们的惊讶总是不够。实际上,这是因为没有死亡的经验。就本义说,只有活过并且有了意识的东西才是被经验过的。这里恰恰说的是谈论别人的死是否可能。这是一种代用品,一种精神的所见,我们对此永远是不很有把握的。那种悲悲切切的习见不可能有说服力。恐惧实际上来自事件的数学方面。如果时间使我们害怕,那是因为它做了演示,解决随后才来。关于灵魂的漂亮演说在这里将接受九验法对其反面的检验,至少是一时。这无活力的躯体上耳光再留不下痕迹,灵魂从中消失了。历险的这个基本的、决定的方面成为荒诞感的内容。在这种命运的致命的照耀之下,无用出现了。在支配我们的状况的血腥的数学面前,任何道德、任何努力都不是先验地可辩护的。

再说一遍,这一切都已被反复地说过了。我这里仅限于迅速地加以整理和指出这些显而易见的主题。这些主题贯穿在一切文学和一切哲学之中,充斥在每天的谈话之中。没有必要重新发现它们。但是，应该掌握这些明显的事实，以便探讨首要的问题。再重复一遍，我感兴趣的不是荒诞的发现，而是其后果。如果人们对这些事实确信无疑，那么，应该得出什么结论呢？到什么程度才能一点不遗漏呢？应该自愿地死去还是无论如何也要存有希望呢？必须预先在智力方面进行同样迅速的清点。

精神的第一个活动是区别真伪。但是，一旦思想反映自身，它首先发现的，就是一个矛盾。在这里竭力要具有说服力是没有用的。数百年以来，没有人对此事比亚里士多德论证得更清晰、更简洁："这些观点经常受人嘲笑的后果就是它们不攻自破。因为肯定一切皆真，我们就肯定了相反的肯定之真，因此也就肯定了我们自己的论点之伪（因为相反的肯定不容许我们的论点是真的）。而如果一个人说一切皆伪，那么这一肯定也是伪的。如果一个人宣布说只有与我们的肯定相反的肯定才是伪的，或者只有我们的肯定才不是伪的，那么，他就不得不接受无限数量的真或伪的判断。因为一个人提出一个真的肯定，他就同时也宣布这一肯定是真的，如是者至于无穷。"①

　　这只是一系列恶性循环的第一个，其中转向自身的精神在一种令人眩晕的旋转中迷失方向。这些悖论本身的简单使得它们不可克服。无论文字的游戏和逻辑的杂技如何，理解首先是统一。精神本身的最深刻的愿望在其最发达的手段中与人在他的世界面前的无意识的感觉连为一体，而人在其世界面前要求亲切，渴望着明确。对一个人来说，理解世界，就是把世界归结为人，打上他的印记。猫的世界不是食蚁兽的世界。"一切思想都是人格化的"这句话没有别的意思，这是自明之理。同样，精神试图理解现实，也只能在把现实化为思想的用语时才能认为得到了满足。如果人认识到世界也能爱和痛苦，他的态度就会变得和顺了。如果思想在现象变化不定的镜子里发现能把现象和自身概括为一种唯一的原则的永恒联系，人们就能谈精神的幸福了，而真正幸福者的神话也只不过是一种可笑的伪造品。这种对统一的怀念，这种对绝对的渴望，说明了人类悲剧的基本运动。然而，这种怀念

---

　　① 这段话出自亚里士多德《形而上学》第 4 卷第 8 章。可参阅商务印书馆 1959 年出版的中译本第 81—82 页。

是一个事实，这并不意味着它应该立刻得到缓和。因为如果我们跨越愿望和获取之间的深渊，和巴门尼德① 一起肯定单一之真实（不管这单一是什么），我们就会跌进一种精神的可笑的矛盾之中，这种精神肯定完全的统一，并用它的肯定本身来证明它自己的差别和它声称要消除的分歧。这另一个恶性循环足以扼杀我们的希望。

这仍然是一些明显的事实。我再次重复，它们之令人感兴趣，不在其本身，而在人们可以从中引出的后果。我知道另一个明显的事实，它告诉我人皆有死。但我们可以数得出那些从中引出极端结论的才智之士。在本论文中，应被视为永久的参考的是我们以为知道的和我们实际知道的之间的不变的距离，是实际的赞同和假装的无知之间的不变的距离，这种无知使我们怀着一些观念生活着，这些观念我们若真正体验到的话，是会震动我们整个生命的。面对精神的这种错综复杂的矛盾，我们恰恰可以完全把握使我们和我们自己的创造分开的那种分裂。只要精神在其希望的不动的世界中沉默，一切就在它的怀念的统一中反

---

① 巴门尼德（约公元前515—前5世纪中叶），古希腊哲学家。

映出来并排列有序。但是，这世界在其最初的运动中就开裂了，倒塌了：无数闪光的碎片呈现在认识的面前。对于重建那种使我们的心灵得到安宁的亲切平静的信用，必须不抱希望。在那么多世纪的探索之后，在思想家们那么多的认输之后，我们清楚地知道，对我们的全部认识来说，这一点是千真万确的。除了职业的唯理论者之外，今天人们已对真实的知识感到绝望。如果要写关于人类思想的唯一有意义的历史，应该写他的不断的悔恨和他的无能为力的历史。

的确，关于谁、关于什么，我能说："我知道！"我自己的心，我能体验到，我断定它存在。这个世界，我能摸到，我也断定它存在。我的全部学问到此为止，其余都须构筑。因为如果我试图抓住我有把握的这个我，如果我试图加以确定和概括，它就成了在我指间流走的水了。我可以一个一个地画出它会呈现出的各种面貌，人们给予它的各种面貌，它的教育，出身，热情或沉默，高尚或卑劣。但是，人们并不将各种面貌相加。属于我的这颗心，我永远是确定不了的。在我对我之存在的确信和我试图给予这种确信的内容之间，鸿沟永远也填不平。我对我自己将永远是陌生的。在心理学上和在逻辑学上，有各种各样的真理，但又并无真理。苏格拉底的"认识你自己"和我们忏悔室内的"要有道德"具有同等的价值。它们流露出一种怀念，同时也流露出一种无知。这是关于一些巨大的主题的一些没有结果的游戏。这些游戏只在近似确切的情况下才是合乎情理的。

　　这里是一些树，我知道它们的粗糙、水分，我闻到它们的气味。夜，心情轻松的某些晚上，草的香味，星的香味，我怎么能否认这个我体验到生机和力量的世界呢？但是，关于这片土地的全部知识并没有给我什么东西，能够使我确信这个世界是属于我的。你们为我描绘这世界，教我如何安排它。你们历数它的法则，我由于渴求知识而同意这些法则是真实的。你们分解它的机制，我的希望增加了。最后，你们告诉我这神奇多彩的宇宙归结为原子，而原子又归结为电子。这一切都很好，我等着你们继续下去。但是，你们跟我谈到一个看不见的行星般的系统，其中电子围绕一个核运动。你们用一种形象对我解释这个世界。我于是承认你们达到了诗的高度：我永远也认识不到。难道我来得及生气吗？你们已经改变了理论。这样，这种应该教会我一切的科学就在假说中结束了，这种清醒在隐喻中沉没了，这种不确实变化为艺术作品了。我有必要付出这么大的努力吗？这些山丘的柔和的轮廓，放在这颗不平静的心上的夜的手，教给我多得多的东西。我又回到了我开始的地方。我知道了，如果我能够通过科学把握现象并一一列举出来，我却并不能因此而理解这个世界。我若能用手指摸遍它所有的凸起，我也并不能知道得更多。你们让我在一种描写和一些假说之间进行选择，描写是可靠的，但它不能教给我任何东西，假说声称教育我，却一点儿也不可靠。我对我自己和这个世界是陌生的，我唯一的帮助是一种思想，这种思想一旦肯定什么就否定了自己。我只有拒绝知道和生存才能得到平静，获取的渴望碰到藐视它进攻的墙壁；这是一种什么样的状况？抱有希望，就是激起反常的现象。一切都安排妥当，以便产生出一种被毒化的平静，这种平静是无忧无虑、心灵的睡眠或致命的放弃带来的。

　　智力也以它的方式告诉我这世界是荒诞的。它的反面是盲目的理性，徒劳地声称一切都是明确的，我一直等待着证据，并希望它有道理。尽管有那么多自命不凡的时代，那么多雄辩而有说服力的人，我知道这是错误的。至少在这方面，是绝没有幸福的，除非我不知道。这种普遍的理性，实践的或精神的理性，这种决定论，这些解释一切的范畴，都有令正直的人发笑的东西。它们与精神毫无关系。它们否认它的深刻的真理，这真理就是受束缚。在这个难以理解的、有限的世界中，人的命运从此获得了它的意义。一大群非理性的人站了起来，包围了它，直到终了。在他们恢复了的、现在又相互协调了的明智中，荒诞感清晰了、明确了。我刚才说世界是荒诞的，我是操之过急了。世界本身是不可理喻的，这就是人们所能说的。然而荒诞的东西，却是这种非理性和这种明确的强烈愿望之间的对立，强烈愿望的呼唤则响彻人的最深处。荒诞既取决于人，也取决于世界。目前它是两者之间唯一的联系。它把它们连在一起，正如只有仇恨才能把人连在一起一样。在这个我进行冒险的没有尺度的世界中，我能够清楚地辨认出来的东西就是这些了。这里我们且停一停。如果我把这种支配着我和生活的关系的荒诞当作是真实的，如果我充满了这种在世界面前攫住我的情感，充满了对于一种知识的追求使我必须具备的这种明智，那么，我就应为了这些确实的东西而牺牲一切，我就应该正视它们，以便掌握它们。我尤其应该据此调整我的行为，并且在其全部后果中跟随着它们。我这里说的是实话。但是，我想事先知道思想能否在这些荒漠中生存。

我已经知道思想至少已进入这些荒漠。它在那儿找到了它的面包。它明白了它在此之前一直以幻想为主。它向人类思索的几个最紧迫的主题提供了机会。

自从荒诞被承认以来,它就是一种激情,最令人心碎的激情。但是,全部问题在于知道人能否以激情为生,人能否接受其深刻的法则,这法则是焚毁这颗同时被激情激励着的心。不过,这还不是我们将要提出的法则。它处于这种经验的中心。我们有时间再谈。我们还是先承认生自荒漠的这些主题和冲动吧。——列举出来就够了。这些东西今天也是尽人皆知的了。总是有人来保卫非理性的权利。有一种东西人们可以称为谦卑思想,其传统一直存在着。对理性主义的批评已进行过多次,以至于似乎不必再进行了。但是,我们的时代产生了那些反常的体系,它们千方百计地要绊倒理性,好像它果真一直在往前走似的。不过,理性的效能的证明和它的希望的强烈不可同日而语。就历史方面而言,两种态度的这种永存说明了人的基本的激情,而这人是介于他对统一的呼唤和他对包围他的墙所能有的清晰视象之间被撕扯着的。

但是,也许没有哪一个时代比我们的时代对理性的攻击更为猛烈。查拉图斯特拉① 大声呐喊："偶然，这是世界上最古老的贵族。当我说没有任何永恒的意志愿意高踞其上的时候，我就把它还给了万事万物。"克尔恺郭尔② 身罹致命的疾病，"这病通向死亡，死亡之后一无所有"，③此后，荒诞思想方面的意味深长的、令人痛苦的主题就层出不穷。至少非理性思想和宗教思想的主题是如此，而这"至少"二字是至关重要的，在这荒漠中，一切确实的东西都变成了石头。④

这些人中最吸引人的也许是克尔恺郭尔，他至少在其存在的一部分中比发现荒诞还要进一步，他还体验了荒诞。一个人写过这样的话："最可靠的缄默不是不说话，而是说话。"⑤他首先要确信任何真理都不是绝对的，都不能使一种本身即不可能的存

---

① 查拉图斯特拉是公元前6世纪伊朗的预言家和宗教改革者。下面这段话出自尼采所著《查拉图斯特拉如是说》一书，略有删节。
② 克尔恺郭尔（1813—1855），丹麦哲学家、神学家。
③ 见克尔恺郭尔《论绝望》，伽利玛版，1932年，第70页。——原编者注
④ 参见舍斯托夫《钥匙的权力》法译本，七星版，1928年。——原编者注
⑤ 转引自克尔恺郭尔《论绝望》法译本译者序，第34页。——原编者注

在变得令人满意。他是认识的唐璜,①用过不少笔名,制造了不少矛盾,同时写过《布道词》和《诱惑者的日记》这本犬儒主义唯灵论的教科书。他拒绝安慰、道德、一切安宁的原则。他感觉到心中有的那根刺,②他不是注意平复其痛苦。相反,他唤醒那痛苦,还在一种愿意受难的受难者的绝望的快乐中,一点一点地制造清醒、拒绝、喜剧等一系列魔鬼附身者。③这张既温柔又冷笑的面孔,这些伴随着发自灵魂深处的喊叫的旋转,就是和超越它的现实交锋的荒诞精神本身。导致克尔恺郭尔做出那些代价高昂的丑事的精神冒险也是在一种失去了布景、回到最初的无条理的乱七八糟的经验中开始的。

在另一方面,即在方法方面,胡塞尔和现象学家们以其夸张在多样性中重建了世界,否认了理性的超验的能力。由于他们,精神世界无法估量地丰富了。玫瑰花瓣、公里里程碑或人的手和爱情、欲望或万有

---

① 见尼采《黎明》,第327页。——原编者注
② 典出《圣经·新约》之《哥林多后书》第12章:"又恐怕我因所得的启示甚大,就过于自高,所以有一根刺加在我肉体上,就是撒旦的差役,要攻击我,免得我过于自高。"
③ 参见《论绝望》译者前言,第45页。——原编者注

引力定律具有同等的重要性。思想，不再是统一的了，不再是用一种伟大原则的面貌使表象变得亲切了。思想，是重新学习看、学习注意，是引导自己的意识，是像普鲁斯特那样把每一个观念、每一个形象变成一个享有特权的中心。不合常情的是，一切都享有特权了。为思想辩解的是极端的意识。为了比克尔恺郭尔或舍斯托夫的方法更实际，胡塞尔的方法则一开始就否认理性的古典方法，打消希望，给予直觉和心灵以层出不穷的现象，其丰富性具有某种非人的东西。这些道路通向所有的科学，或不通向任何科学。这就是说，这里手段比目的更为重要。问题只在于"一种认识的态度"，[1]而不在于安慰。再说一遍，至少开始是如此的。

如何能不感到这些人的深刻的联系！如何能不看到他们聚集在一个享有特权的、苦涩的地方[2]的周围？而在这个地方，希望是没有位置的。我要求要么一切为我解释清楚，要么什么都没有。而理性在心灵的叫

---

[1] 见胡塞尔《作为严密科学的哲学》，转引自舍斯托夫《钥匙的权力》。——原编者注

[2] 参见胡塞尔《笛卡儿式的沉思》，高兰版，1931年，第4页。——原编者注

喊前面是无能为力的。被这种要求唤醒的精神寻找着,只找到了矛盾和胡说八道。我不懂的东西是没有理性的。世界充满了这些非理性的东西。我不理解它的唯一的含义,就它自己来说,它只不过是一种巨大的非理性而已。只要能说一次:"这是明确的",一切就都得救了。然而这些人竞相宣布,什么都不明确,一切都乱七八糟,人只是对包围着他的墙具有明智和确切的认识。

所有这些经验都相互一致,彼此相交。走到边缘的精神应该做出判断,选择结论。自杀和回答就在这里。但是,我想颠倒探索的顺序,从智力的冒险出发,再回到日常的举动。这里提到的经验产生在应该须臾不离的荒漠之中。至少应该知道这些经验到达了何种田地。人努力到这种程度,就来到了非理性面前。他在自己身上感到对幸福和理性的渴望。荒诞产生于人类的呼唤和世界的无理的沉默之间的对立。这是不应忘记的。应该紧紧抓住这一点,因为人生的全部后果可能从中产生。非理性、人类的怀念和从它们的会面中冒出来的荒诞,这就是一出悲剧的三个人物,而这出悲剧必然和一种存在所能够具有的全部逻辑共同结束。

哲学上的自杀

荒诞感并未因此就成了荒诞概念。荒诞感建立了荒诞概念，仅此而已。前者并非归结为后者，除非在前者对宇宙提出自己的判断那个短暂的时刻。然后它还需更进一步。它是有生命的，这就是说它应该消逝或者应该更早地引起反响。我们汇集的主题也是如此。这里仍然是，我所感兴趣的绝非那些需要以另一种形式或在另一个地方对其进行批评的作品或思想，而是发现它们的结论中的共同之处。思想也许从未如此分歧过。但是，我们承认它们在其中受到震动的那种精神景物是相同的。同样，结束了它们的旅途的喊叫也以相同的方式回响在彼此不相像的科学中间。人们感到，刚刚提到的那些思想具有一种共同的气候环境。说这种气候环境是致命的，那不啻是玩弄辞藻。在这令人窒息的天空下，生活要求人们或是走出去，或是留下来。问题在于在第一种情况下如何走出去，在第二种情况下为什么留下来。我就这样确定自杀问题和人们可以对存在哲学的结论所感到的兴趣。

我想先离开正路片刻工夫。到目前为止，我们可以从外部划出荒诞的范围。但是，人们可以考虑这个概念包含着什么明确的东西，可以试图通过直接的分析发现其含义，以及它带来的后果。

如果我指控一个无辜者犯有滔天之罪，如果我断言一个有德行的人觊觎他的亲姐妹，他会回答说这是荒诞的。这种愤慨有其滑稽的一面，但是它也有其深刻的理由。有德行的人通过这种驳斥说明了存在于我指控他的行动和他整个一生的原则之间的决定性的二律背反。"这是荒诞的"，其意谓："这是不可能的。"但也是："这是矛盾的。"如果我看见一个人以白刃攻击一群持机关枪的人，我将断定他的行动是荒诞的。然而，只是从存在于他的意图和等待着他的现实之间的不成比例来看，从我可以抓住的、存在于他的实际力量和他所要达到的目的之间的矛盾来看，他才是荒诞的。同样，我们认为一个判决是荒诞的，是因为我们把它和看起来事实所要求的判决作了对比。同样，通过荒诞进行的论证是在这种推理的后果和人们想要建立的逻辑真实的比较中完成的。在所有这些情况中，从最简单的到最复杂的，我们比较的诸项间的距离越大，荒诞也就越大。有荒诞的婚姻，挑战，怨恨，沉默，战争，也有和平。对于其中的任何一种，荒诞都产生于一种比较。因此我有理由说荒诞感不产生于对一个事实或一种印象的简单考察，它从一种事实状况和某种真实、一个行动和超越它的世界之间的比较中显露出来。荒诞本质上是一种分裂。它不存在于对立的两种因素的任何一方。它产生于它们之间的对立。

从智力方面看，我可以说荒诞不在人（如果这样的比喻可以有一种意义的话），也不在世界，而在两者的共存。它暂时是联结两者的唯一纽带。假如我愿意停留在明显的事实上的话，那么我就知道人要的是什么，世界给他的是什么，而现在我可以说我知道联结他们的是什么。我无须挖掘得更深。对于探索的人来说，一件确实的东西也就足够了。问题仅在于找出一切后果。

直接的后果同时也是一种方法准则。奇异的三位一体①已被阐明，它绝非突然被发现的美洲新大陆。

---

① 基督教中指圣父、圣子和圣灵合成一位神，谓之三位一体。

但是，它具有和经验材料共同的东西，即它同时极其简单又极其复杂。在这方面，它的第一个特点就是不可分割。破坏其中的一项，就破坏了全部。在人类精神之外，不能有荒诞。因此，像一切事物一样，荒诞也结束于死亡。然而，这个世界之外，也不能有荒诞。根据这一基本标准，我断定荒诞的概念是本质的，可以说明我的第一个真理。上面提到的方法准则在这里显露出来了。如果我断定一件事情是真的，我就应该保存它。如果我要解决一个问题，那么至少我不应该用这种解决本身去掩盖问题的某一项。对我来说，唯一的已知数是荒诞。问题是如何走出去以及应否从荒诞中推论出自杀。我的探索的第一个、实际上也是唯一的条件是保存压倒我的那种东西并因此尊重它所具有的我认为是本质的东西。这种东西我刚才定义为一种对立和一种无休止的斗争。

把这一荒诞的逻辑推到底，我应该承认这一斗争意味着完全没有希望（它与绝望毫无干系）、不断的拒绝（不应将它和放弃混为一谈）和意识到的不满足（不应将其当作青春的不安）。一切消除、掩盖或缩小这些要求的东西（首先是消除分裂的赞同）都破坏了荒诞并使人们可能建议的态度贬值。只有在人们不赞同荒诞的情况下，荒诞才有意义。

有一个纯属道德的明显事实，即一个人永远是他的真相的牺牲品。这些真相一经承认，他就摆脱不掉了。总要付出些代价。一个人意识到了荒诞，便永世与荒诞连在一起。一个没有希望并意识到没有希望的人就不再属于未来了。这是正常的。但是，他努力摆脱他所创造的那个世界，这也同样是正常的。在此之前的一切唯有在考虑到这种反常现象的情况才是有意义的。在这方面，最有教益的莫过于现在来研究从批评唯理主义出发而已经承认了荒诞的环境的人借以推行其后果的方式。

而我若坚持存在哲学，我就看到一切存在哲学无一例外地劝我逃避。通过一种奇特的推论，在理性的瓦砾堆上从荒诞出发，在一个对人是封闭的、有限的世界中，他们神化压倒他们的东西，在剥夺他们的东西中发现了希望的理由。这种勉强的希望在一切具有宗教本性的人当中都存在。它值得一谈。

我在这里仅仅并且作为例证分析一下舍斯托夫和克尔恺郭尔特别喜欢的几个主题。但是，达到了漫画化程度的雅斯贝尔斯将向我们提供一个这种态度的例证。其余的就将变得更清楚。人们使他无力实现超验性，不能探测经验的深度并意识到这被失败震动了的世界。他将前进或者至少将从这失败中引出后果吗？他没有带来任何新东西。他在经验中只发现了对他的无能的承认，而没有找到任何机会来引出某个令人满意的原则。然而，他不经证明就自己说了出来，他一下子同时肯定了超验性、经验的存在和人生的超人的意义，写道："在一切解释和一切可能的说明之外，失败没有显示的不是虚无，而是超验性的存在。"①这种存在突然地、通过人类信念的一个盲目行动解释了一切，他把它定义为"一般和特殊的难以想象的统一"。②这样，荒诞就变成了神（在这个词的最广泛的意义上说），这种理解的无能就变成了启示一切的存在。在逻辑上，没有什么东西可引出这种推论。我可以称它为跳跃。反常的是，人们理解雅斯贝尔斯为使超验的经验不能实现所具有的坚持性和无限的耐心。因为这种近似越是不可捉摸，这种定义就越是无用，而这种超验性在他

---

① 见雅娜·海尔什《哲学的幻想》，第179页。——原编者注
② 同上。——原编者注

看来就越真实，因为他肯定这一点时的激情恰恰跟存在于他的解释能力和世界及经验的非理性之间的距离成正比。这样看来，雅斯贝尔斯越是要更彻底地解释世界，就越是激烈地打破理性的偏见。这个谦卑思想的使徒将在谦卑的极端发现使存在在其全部深刻性上再生的东西。

神秘思想使我们很熟悉这些过程。它们是和任何一种精神姿态同样合乎情理的。但是眼下，我的所作所为就只当我认真地对待某些问题。我并不预断这种态度的一般价值及其教诲的能力，我只想看看它是否满足了我提出的条件，它是否和我感兴趣的冲突相称。这样，我就要谈到舍斯托夫。一位评论者引述了他的一段值得注意的话："唯一真正的出路恰恰是在那个对人类的判断来说没有出路的地方。否则，我们要上帝干什么？人们转向上帝只是为了获得不可能之物。至于可能之物，有人就够了。"①如果说存在一个舍斯托夫哲学的话，我很可以说它尽在其中矣。因为当舍斯托夫经过充满激情的分析发现了全部存在的根本的荒诞性时，他不说"这就是荒诞"，而说：

---

① 见舍斯托夫《钥匙的权力》。——原编者注

"这就是上帝：还是以信赖他为好，即便他不符合我们的任何理性范畴。"为了不可能产生混淆，这位俄国哲学家甚至暗示上帝可能是记恨的和可憎的，不可理解的和自相矛盾的，但是，正是在他面目最丑恶的时候，他最充分地显示了他的威力。他的伟大在于他的前后不一致。他的证据，就是他的非人性。应该扑向他，通过这一跳跃来摆脱理性的幻想。这样，对于舍斯托夫来说，接受荒诞是和荒诞本身同时的。确认荒诞，就是接受荒诞，而他的思想的一切逻辑的努力都是暴露荒诞，以便同时使它所带来的巨人希望涌现出来。[①]这种态度也仍然是合乎情理的。但是，我在这里坚持要考虑一个问题及其全部后果。我无须研究一种思想或一种信仰行为的动人之处。我有一辈子的时间去做。我知道理性主义者认为舍斯托夫的态度令人生气。但是我也感到舍斯托夫有理由反对理性主义者，而我只是想知道他是否一直忠于荒诞的戒律。

如果人们承认荒诞是希望的反面，人们就看到，对舍斯托夫来说，存在的思想必须以荒诞为前提，但

[①] 见舍斯托夫《钥匙的权力》，第121页。——原编者注

是它论证荒诞只是为了消除荒诞。这种思想的微妙是要把戏者的一个动人的花招。当舍斯托夫以他的荒诞来与流行的道德和理性相对立的时候,他把它称为真理和救世。因此,在荒诞的基础和定义中是有舍斯托夫的赞同的。如果人们承认这个概念的全部力量存在于它冲撞我们的希望的方式中,如果人们感到荒诞只是要求人们不赞同它,那么,人们就清楚地看到,它失去了它的真实面目,它的人的、相对的性质,而进入一种既不可理解又令人满意的永恒之中。如果有荒诞的话,那是在人的世界中。从它的概念变成永恒的跳板那一刻起,这个概念就不与人的清醒相连了。荒诞不再是人确认但并不赞同的那个明显的事实了。斗争被回避了。人被纳入荒诞,并在这种一致中使其本质特性消失,这本质特性就是对立、破碎和分裂。这一跃是一种逃避。舍斯托夫很愿意引述哈姆莱特的这句话:The time is out of joint,[①] 他也这样怀着一种强烈的希望写下来了,说来奇怪,是可以把这种希望赋予他的。因为哈姆莱特并非这样来说这句话的,或者莎士比亚并非这样来写的。非理性的陶醉和狂喜的使

[①] 英文:时代脱节了。

命使一种有洞察力的精神脱离荒诞。对舍斯托夫来说，理性是徒劳的，但是理性之外还有某种东西。对一种荒诞的精神来说，理性是徒劳的，而在理性之外则一无所有。

这个跳跃起码多少更清楚地为我们阐明了荒诞的真正本质。我们知道了它只在一种平衡中才有价值，它首先在比较之中而绝不在这种比较的诸项之中。但是，舍斯托夫恰恰是把全部重量压在诸项之一上，因此破坏了平衡。我们对理解的渴望、对绝对的怀念只有在我们恰恰是能够理解和解释许多东西的情况下才是可以解释的。绝对地否认理性是徒劳的。理性有它的范围，在这范围中它是有效的。这恰恰是人类经验的范围。这就是为什么我们想什么都弄清楚。如果我们不能，如果荒诞生于此时，那恰恰是碰上了有效但又有限的理性和不断再生的非理性。当舍斯托夫恼怒于这一类的黑格尔式命题："太阳系的运动按照一些不变的法则来进行，这些法则是它的原因。"①当他怀着全部激情打破斯宾诺莎的唯理论的时候，他正是断定了全部理性的虚荣。通过一种自然的、不合情理的

---

① 见舍斯托夫《钥匙的权力》。——原编者注

反向，取得了非理性的优越性。①但是过渡不明显。因为这里可以有限制的概念和方面的概念介入。自然的法则在某种限度内可以是有效的，超过这个限度就会反转来对着自己而产生荒诞。或者，它们可以在描述的方面被证明合理，但并不因此而在解释的方面是真实的。这里一切都为非理性而牺牲了，由于掩盖了对明确的要求，荒诞就随着它的比较的诸项之一消失了。相反，荒诞的人并不进行这种平等化。他承认斗争，并不绝对地蔑视理性，接受非理性。这样，他的目光遍及经验的全部已知材料，他不打算在知道之前就跳跃。他只知道，在这个聚精会神的意识中，再也没有希望的位置了。

在舍斯托夫那里是明显的，也许在克尔恺郭尔那里就更明显了。当然，在一个如此不可捉摸的作者那里勾勒出明确的命题是困难的。但是，尽管有些作品表面上是针锋相对的，人们仍然在化名、花招、微笑上面感到他的全部作品中出现了对一个真理的预感（同时也是恐惧），这个真理终于在他的最后几部作品中显露出来：克尔恺郭尔也进行了跳跃。他童年时是那样地害

---

① 这里主要说的是反亚里士多德的特别概念。——作者原注

怕基督教，他最后又朝着它的最严峻的面目走去。对他也是，二律背反和反常现象成了宗教的标准。这样，对这人生的意义和深刻性产生绝望这件事本身现在把真理和明确呈现在他面前。基督教是坏表率，克尔恺郭尔坦率地要求的，是依纳爵·罗耀拉① 要求的第三种牺牲，即上帝最喜欢者："智力的牺牲。"②"跳跃"的这种结果是古怪的，但不应使我们感到惊奇。他把荒诞当成另一个世界的标准，而它仅仅是这个世界的经验的一种残留物。克尔恺郭尔说："信教者在他的失败中发现了他的胜利。"③

我无须考虑这种态度和哪一个动人的预言相联系，我只须想想荒诞的景象及其特性是否为它辩护。在这一点上，我知道并非如此。再看一看荒诞的内容，人们就更理解启发了克尔恺郭尔的方法了。在世界的非理性和荒诞的反抗的怀念之间，他

---

① 依纳爵·罗耀拉（1491—1556），天主教耶稣会的创始人。
② 人们可以想到，我这里忽略了基本的问题，即信仰问题。但是我并不研究克尔恺郭尔或舍斯托夫，甚至胡塞尔的哲学（这需要在另外的地方，采取另外的精神姿态），我向他们借用一个主题，我研究其后果是否适合已经确定的规则。这里说的只是一种迷恋。——作者原注
③ 参见克尔恺郭尔《祈祷词及祈祷词片断》，法文版，1937年。——原编者注

没有保持平衡。他不尊重确切地说产生了荒诞感的那种关系。他确信不能摆脱非理性，但他至少想逃避这种他觉得没有结果、没有意义的绝望的怀念。不过，如果说在这一点上，他在他的判断中可能会有道理，那他在他的否定中就不会有道理了。如果他用一种狂热的赞同取代他的反抗的呼声，这就导致他无视于一直启发着他的荒诞并神化他此后所持的唯一态度，即非理性。加里亚尼① 神父对艾比奈夫人说，重要的不是治好病，而是带着病痛活着。② 克尔恺郭尔想治好病。治好病，这是他的狂热的意愿，一直贯穿着他的全部日记。他的智力的全部努力都是为了逃避人类状况的二律背反。他越是突然间瞥见了虚荣，他的努力就越是绝望。例如，当他谈到自己时，就好像害怕上帝，虔诚都不能给他带来平静。就这样，他通过一种被歪曲的借口，赋予非理性以形象，而把不公正的、不一致的、不可理解的荒诞所具有的特性给予他的上帝。在他身上，

---

① 加里亚尼（1728—1787），意大利外交家、经济学家和作家。他与法国贵妇艾比奈夫人互通大量信件。
② 见加里亚尼神父1777年2月8日的信。——原编者注

唯有智力试图压制人心的深切要求。既然什么都未被证实，那就什么都可以被证实了。

正是克尔恺郭尔自己向我们泄露了他所遵循的道路。我这里丝毫也不想暗示，然而，在他的作品中，如何能不看到几乎有意识的灵魂上的残缺迹象呢？这种残缺是面向着荒诞所允许的残缺的。这是《日记》中的主导主题。"我所缺少的是那野兽；它也是人类命运的一部分……但是，给我一个躯体吧。"①下文说："啊！尤其是在我幼年的时候，为了成为一个人，哪怕是六个月，②我什么没有做啊……实际上，我缺的正是一个躯体和存在的肉体条件。"③然而在别的地方，这个人把那希望的呼喊当成了自己的呼喊，那呼喊曾经穿越过多少世纪，激动过多少颗心，只是不曾激动过荒诞的人的心。"但是，对基督徒来说，死亡绝不是一切的结束，它意味着比生活对我们来说所包含着的希望更多得多的希望，哪怕这是一种洋溢着健

---

① 见《日记》，伽利玛版，1850 年 5 月，卷四，第 42—43 页。——原编者注
② 见《日记》，伽利玛版，1849 年 9 月，卷三，第 217 页。——原编者注
③ 见《日记》，伽利玛版，1847 年 6 月，卷二，第 131 页。——原编者注

康和力量的生活。"①通过坏表率获得的复归仍然是复归。 人们看到，它也许可以使人从其反面即死亡中引出希望。但是，即使同情使人偏向这种态度，也应该指出过分证明不了什么。有人说这超过了人类的尺度，因此这是超人的。但是"因此"二字是多余的。这里绝没有逻辑的可靠性，也绝没有实验的盖然性。我所能说的，就是这实际上超过了我的尺度。如果我不从中引出一种否定，至少我也不愿在不可理解之上建立什么。我想知道我能否依靠并仅仅依靠我之所知活着。人们还对我说，在这里智力应该牺牲它的骄傲，理性应该低头。但是，如果我承认理性的局限，我也并不因此而否认它，我承认它的相对的力量。我只想站在这条中间的道路上，其中智力可以是清楚的。如果这就是它的骄傲，我看不出有足够的理由放弃它，例如，克尔恺郭尔的眼光再深刻不过，据他看，绝望不是一件事实，而是一种状态：罪孽的状态本身。②因为罪孽就是离开上帝。荒诞是有意识的人

---

① 见克尔恺郭尔《论绝望》，第55页。——原编者注
② 见《论绝望》序言，第31页。——原编者注

的形而上状态,不通向上帝。①也许这个概念可以被阐明,如果我贸然说出这一骇人听闻的话:荒诞,就是没有上帝的罪孽。

这种荒诞的状态,问题在于生活在其中。我知道它们是建立在什么之上,这种精神和这个世界,它们互相用力支撑着却不能拥抱。我要求生活的准则,人们建议我的却忽略了它的根据,否认了痛苦的对立的诸项中的一项,迫使我放弃。我要求我所承认的条件带来的东西,我知道这条件意味着黑暗和无知。而人们向我保证说这无知解释一切,这黑夜就是我的光明。但是,人们这里并未满足我的意向,这种激动人心的抒情也不能在我面前掩盖住反常现象。所以应该改变方向。克尔恺郭尔可以大喊、警告:"如果人没有永恒的意识,如果在任何事物的深处只有一种野蛮混乱的力量在黑暗的情欲的旋风中产生着万事万物,伟大的和渺小的,如果事物背后隐藏着用什么也不能填满的无底的虚无,那么人生如若不是绝望又能是什么?"这喊叫并不能阻挡荒诞的人。寻找真实的东西并不就是寻找所希望的东

---

① 我没有说"排除上帝",这仍然是肯定。——作者原注

西。如果为了摆脱这一苦恼的问题:"人生究竟是什么?"应该像驴子以幻想的玫瑰花为生,而不是屈从于谎言,那么荒诞的精神更愿意毫不颤抖地接受克尔恺郭尔的回答:"绝望。"一切都细加斟酌,一个下定决心的灵魂总会想出办法的。

我随意在这里把哲学上的自杀称为存在的态度。然而这并不包含一种判断。要指明一种思想借以自我否定并在导致其否定的东西中趋向自我超越的那种运动,这是一个便当的方式。对于存在者来说,否定是他们的上帝。这上帝恰恰只是靠人类理性的否定支持下去。① 但如同自杀一样,神也随着人而变化。有好几种跳跃的方式,本质是跳跃。这些救世的否定,这些否认人们尚未跳过的障碍的最终的矛盾既可以产生于理性的范围,也同样可以产生于(这一推论对准的正是反常现象)某种宗教的启示。它们总是追求永恒,正是在这一点上它们采取断然行动。

---

① 再次明确一下:这不是对上帝的肯定在这里成了问题,这是逻辑使然。——作者原注

还应指出，本文所进行的论证完全撇开我们这个有教养的时代流布最广的精神态度，这种态度依据的原则是一切都是理性并力求解释世界。当人们承认世界应该是明确的，那就要给予一个明确的看法，这是很自然的。这甚至是合乎情理的，但我们这里进行的论证对它不感兴趣。实际上，它的目的在于启示精神上的手段，这种精神从一种关于世界的无意义的哲学出发，最后发现世界的某种意义和深度。这些方法中最动人的一种是具有宗教的本质，它在非理性的主题中得到阐明。但是最反常、最意味深长的却是另一种方法，这种方法把它的爱说理的理由给予一个它首先想象为没有主导原则的世界。无论如何，不对新获得的怀念思想提出一个概念，人们是不能得到我们感兴趣的后果的。

我将只研究胡塞尔和现象学家使之成为时髦的"意向"这一主题。在此之前已有过暗示。首先胡塞尔的方法否认理性的传统手段。我们且重复一下。思想，不是统一，不是用一种伟大原则的面貌使表象变得亲切。思想，这是重新学习看，重新学习引导自己的意识，把每一个形象变成特权的场所。换句话说，现象学拒绝解释世界，它愿意只成为实际经验的一种描述。它首先肯定没有真理，只有一些真理，它在这里与荒诞思想相通。从晚风到我肩上的这只手，每一种东西都有自己的真理。那是意识通过给予真理的注意阐明了它。意识并不形成它的认识对象，它只是固定，它是注意的行为，用柏格森的形象[①]来说，它就像放映机，一下子就固定在一个形象上。所不同的是它没有脚本，但有相接却不连贯的画面。在这神灯的照耀下，所有的形象都享有特权。意识使它的注意对象在经验中处于中止状态。它通过它的奇迹使它们分离出来。它们从此处于一切判断之处。正是这种"意向"确定了意识的特点。但是词并不意味着任何必然的概念；它是在它的"方向"这种意义上被使用的：它只具有地形学的价值。

乍一看，似乎没有什么东西与荒诞的精神背道而驰。这种只限于描述它拒绝解释东西的思想上的表面谦逊，这种反常地产生了经验的极大丰富和世界在其繁琐中的再生的坚决的纪律，都是荒诞的手段。至少乍看是如此。因为在这种情况和其他情况下，思想的

[①] 见柏格森《物质与记忆》第1章。——原编者注

方法总是具有两种面貌，一种是心理的，一种是形而上的。①这些方法因此而包含着两种真理。如果意向性这一主题只是想阐明一种心理的态度，而现实不是被这种态度解释，而是被它耗尽，那么，就没有任何东西把这主题和荒诞的精神分开。它试图列举出它不能超越的东西。它只是肯定，在缺乏任何统一的原则的情况下，思想仍然能够在描述和理解经验的每一种面貌之中发现快乐。对于每一种面貌来说，这里所说的真理是属于心理的范围的。这真理只是证实真实可能提供的"利益"。这是一种唤醒一个沉睡的世界并使它在精神上活跃起来的方式。但是，如果人们想扩大并合理地建立这种真理的概念，如果人们企图这样来发现每一认识对象的"本质"，人们就恢复了经验的深刻性。对于荒诞的精神来说，这是不可理解的。然而，在有意向的态度中明显的是由谦逊转向自信的摆动，而现象学思想的这种闪烁将比任何其他东西都更好地阐明荒诞的论证。

因为胡塞尔也谈论由意向逐日注意的"超时间的

---

① 甚至最严格的认识论也以玄想为前提，而且到了这种程度：当代大部分思想家的玄学在于只有一种认识论。——作者原注

本质"，而人们以为是在听柏拉图说话。人们不是用一件事物解释所有的事物，而是用所有的事物解释所有的事物。我看不出有什么区别。当然，这些观念或本质是意识在其描述结束时"实现"的，但人们还不愿意它们成为完美的样板。然而，人们肯定它们直接地呈现在知性的全部材料中。①再也没有解释一切的一种唯一的观念了，但是有给予无限的对象一种意义的无限的本质。世界静止了，但是也被阐明了。柏拉图的现实主义变成了直觉的，然而仍然是现实主义。克尔恺郭尔沉浸在他的上帝之中，帕墨尼德斯把思想推入单一之中。但在这里，思想投入一种抽象的多神论之中。更有甚者，幻觉和想象也成了"超时间的本质"的一部分。在观念的新世界中，肯陶洛斯②们和更为谦逊的大主教们合作了。

对于荒诞的人来说，在世界的各种面目都是享有特权的这种纯粹心理学的看法中，是同时有一种真理和一种辛酸的。一切都享有特权就等于说一切

---

① 参见居尔维奇《德国哲学的当前倾向》，第19页。——原编者注

② 希腊神话中的半人半马怪物，有些与神和人为敌，有些则与神和人为友。

都是相同的。但是这种真理的形而上的面貌使他感到也许更接近柏拉图。的确,人们教导他说,任何形象都以一种同样地享有特权的本质为前提。在这个没有等级的理想世界中,形式的军队只由将军组成。超验性大概是被取消了。但是,思想的一个急转弯又把某种不完全的内在性再度引进世界中,这种内在性恢复了宇宙的深刻性。

我应该害怕把一个其创造者更谨慎地处理的主题推进得太远了吗？我只是读过胡塞尔的这些断言:"真者本身是绝对的真;真理是单一的;与其本身是一致的,不管感知者是什么,人、怪物、天使或神。"①这看起来是悖论,但如果人们接受如上所述,就会感到它的严密的逻辑。理性通过这个声音四处张扬,受到喝彩,我不能否认这一点。但是他的断言在荒诞的世界中能够意味着什么？一位天使或一位神的感知对我没有意义。在这个轨迹上,神的理性认可了我的理性,而我始终不能理解这个轨迹。这里我发现了一次跳跃,由于这跳跃是在抽象中进行的,对我来说,它就更加意味

---

① 见胡塞尔《逻辑研究》,第一卷,转引自舍斯托夫《钥匙的权力》,第329页。——原编者注

着我要忘掉我恰恰不愿忘掉的东西。胡塞尔又喊道："即使受制于引力的全部质量都消失了，引力定律也并未被推翻，只不过是它不可能被应用罢了。"①这时，我知道我面对着的是一种慰藉的玄学。而如果我想发现思想在何处转弯离开了明显的事实这条道路，我只须重读胡塞尔谈及精神时所进行的那个平行的论证："如果我们能够清楚地观照精神过程的确切法则，这些法则将同样显得是永恒的、不变的，如同理论自然科学的法则一样。所以，如果没有任何精神过程的话，它们仍然是有效的。"②即便精神不存在，其法则仍然存在！于是我明白了，胡塞尔企图把一种心理的真实作为一种理性的准则：他在否认了人类理性的容纳能力之后，通过这一渠道跃入永恒的理性之中。

因此，"具体宇宙"③这一胡塞尔的主题就不能使我感到惊讶了。对我来说本质不都是形式的，其中有物质的，第一种是逻辑的对象，第二种是科学的对

---

① 见胡塞尔《逻辑研究》，第一卷，转引自舍斯托夫《钥匙的权力》，第346页。——原编者注
② 同上书，第392页。——原编者注
③ 参见居尔维奇《德国哲学的当前倾向》，第25、28页。——原编者注

象，这只是一个定义的问题。有人向我保证，抽象仅仅指明了一个具体宇宙的一个其本身是非稳定的部分。但是，已被揭示的摆动使我能够说明这些用语的含糊。因为这可以说我的注意的具体对象，这天空，这水在这大衣角上的反光，它们为自己保留着我的兴趣从世界中分离出来的现实的幻象。这我不否认。但这也可以说这大衣本身就是一般的，有其特殊的、充分的本质，属于形式世界。于是我知道人们只是改变了队伍的顺序。这世界在一个更高的宇宙中不再有它的映象了，但是形式的天空出现在这片土地的形象群中。对我来说，这丝毫也没有改变什么。我这里发现的绝不是对具体的爱好和人类状况的意义，而是一种放纵到足以使具体本身普遍化的理智主义。

这种表面的反常现象使思想经由谦卑的理性和得意的理性这两条相反的道路走向各自的否定，对此感到惊讶是徒劳无益的。从胡塞尔的抽象的上帝到克尔恺郭尔的闪光的上帝，距离并没有如此之大。理性和非理性通向同一个说教。实际上，道路并不重要，有到达的意志就什么都够了。抽象的哲学家和宗教的哲学家从同一种不安中出发,在同一种焦虑中相互支持。但是最重要的是解释。在这里怀念比科学更强大。意味深长的是,当代的思想最相信主张世界的无意义这种哲学,同时又在其结论中最感到痛苦。它不断地摇摆在现实的极端理性化和极端非理性化之间,这种理性化使现实分割成理性典范,而这种非理性化又使之神化。然而这种分裂只是表面的。问题在于和解,在这两种情况下,跳跃也都足够了。人们总是错误地认为理性的概念是单向的。事实上,不管它在其野心中是多么严格,这种观念并不因此而不和别的观念同样灵活。理性有着完全人类的面目,但它也是朝着神的。普洛丁第一个知道如何把它与永恒的环境调和一致,从此它就学会了离开它的最珍贵的原则,即矛盾,以便容纳介入这个最奇特、也是十分神奇的原则。它成了一种思想的工具,而不是思想本身了。一个人的思想首先是他的怀念。①

---

① A. 当时,理性要么适应,要么死亡,它适应了。普洛丁使它从逻辑的变为美学的。比喻取代了三段论。

B. 不过, 这并不是普洛丁对现象学的唯一贡献。整个这种态度已包含在亚历山大的思想家十分珍爱的观念之中了, 以至于不但有一种人的观念, 而且有一种苏格拉底的观念。——作者原注理性能够平复普洛丁的忧郁，它也给予现代的焦虑以在永恒的熟悉的背景中得到平息的手段。荒诞的精神运气不那么好。对它来说，世界不是这样合理，也没有非理性到这种程度。它是不可理喻的，仅此而已。在胡塞尔那里，理性变得毫无限制。相反，荒诞却确定了它的界限，因为它无力平复它的焦虑。克尔恺郭尔从另一个方面肯定，只要有一个界限就足以否认理性。但是荒诞走不了这么远。对它来说，这个界限只对准着理性的野心。存在哲学家们设想的非理性主题就是变得混乱和自我解脱并自我否定的理性。荒诞，就是确认自己的界限的清醒的理性。

正是在这条艰难的道路的尽头，荒诞的人认出了他的真正的理性。通过比较他的深刻的要求和人们建议给他的东西，他突然感到他要改变方向了。在胡塞尔的宇宙中，世界变得清楚了，人耿耿于怀的那种对熟悉的渴望变得没有用了。在克尔恺郭尔的论末世的著作中不得不放弃这种对于清楚的愿望，假如它想得到满足的话。知道（据此，人人都是无辜的）和想知道，其罪孽是不一样的。这恰恰是荒诞的人可以感觉到的唯一罪孽，他将它当作他的罪过，同时也当作他的无辜。人们建议给他一种解决，即以往的一切矛盾都不过是些论战的把戏罢了。但是，他并没有这样感觉过。应该保留它们的真实性，即永远得不到满足。他不愿接受说教。

我的论证想要忠于由此而受启发的那一明显的事实。这明显的事实就是荒诞。就是希望着的精神和使之失望的世界之间的那种分裂，就是我的对统一的怀念，就是那个分散的宇宙以及连结上述一切的矛盾。克尔恺郭尔取消了我的怀念，而胡塞尔则聚拢了这宇宙。我等待的并不是这些。问题在于和这些分裂共同活着和思想，在于知道应该接受还是应该拒绝。不可能掩盖明显的事实，不可能通过否定荒诞的方程中的某一项来取消荒诞。应该知道人能否经验荒诞或者逻辑是否要求人因荒诞而死。我对哲学上的自杀不感兴趣，我感兴趣的就是自杀。我只想从自杀的感情内容中把它清除出去，认识它的逻辑和它的诚实。对于荒诞的精神来说，任何别的态度都意味着回避和精神在其逐日理清的东西面前的退却。胡塞尔说要摆脱"在某种已为人熟知的、方便的条件下生活和思想的积习"，但是，最后的跳跃在他那里为我们恢复了永恒及其舒适。跳跃并未如克尔恺郭尔所愿地那样表示出一种极大的危险。

相反，危险存在于跳跃之前的那个微妙的时刻。能够站立在这令人眩晕的山脊上，①这就是诚实，其余的都是托辞。我也知道无能力从来也不足以引起过如克尔恺郭尔那样动人的和谐。但是，如果说无能力在历史的无动于衷的景物中有它的位置，它却不能在一种论证中找到，人们现在知道了这种推论的要价。

---

① 参见胡塞尔《笛卡儿的沉思》引言部分。——原编者注

荒诞的自由

现在主要的事已定。我掌握着几个我不能松手的明显的事实。我知道的、可靠的、我不能否认的、我不能丢弃的，这些才算数。我完全可以否定我那靠不明确的怀念为生的自我的部分，但对统一的愿望、对解决的渴望、对明确和一致的要求除外。在这个包围着我、冲撞着我、激动着我的世界中，我可以驳斥一切，除了混沌、偶然之王和产生于混乱的神圣的等值。我不知道这世界是否有一种超越它的意义。但是我知道我不认识这意义，目前我也不可能认识它。对我来说，一种超越我的环境的含义意味着什么？我只能以人的术语来理解。我捉摸到的、抵抗着我的、我理解的就是这些。这两种可靠的东西，即我对绝对和统一的渴望及这个世界对一种理性的、合理的原则的不可还原性，我还知道我不能使两者和解。除了让一种我并没有而且在我的环境条件下也毫无意义的希望起作用外，我能承认什么其他的真理呢？

假如我是树林中的一棵树，动物中的一只猫，这人生可能会有一种意义，或者更确切地说，这个问题可能没有意义，因为我是这个世界的一部分。我可能会属于这个世界，而现在我以我全部的意识和我对熟识的全部要求来和这个世界相对立。正是这个如此可笑的理性使我和任何创造相对立。我不能把它一笔抹煞。我相信凡是真实的东西，我就应该坚持。我觉得如此明显的东西，即便是反对我的，我也应该支持。是什么造成了这冲突的内容以及世界和我的精神之间的这种分裂，如果不是我对此所具有的意识的话？如果我想保持这种状况，那是通过一种不断的、总在更新、总是紧张的意识。这就是我眼下应该记住的东西。这时，荒诞既是如此明显又是如此难以征服，它进入一个人的生活之中，并找到了它的故乡。也是在这个时候，精神可以离开清醒的努力的那条荒凉干燥的道路。这条道路现在伸进了日常生活。它又找到了无名氏的世界，而人也带着他的反抗和远见从此以后回到这世界中去。他不再会希望了。这个现实的地狱，终于成了他的王国。所有的问题重又露出锋芒。抽象的事实在形式和色彩的抒情面前退却了。精神的冲突具体化了,又找到了人心的悲惨而出色的隐蔽处。什么也没有解决。但是一切又都改观了。人们将死去,以跳跃来逃避,重新盖起一座适合他的观念和形式的房子吗?还是相反,人们将接受荒诞的令人痛苦却又奇妙无比的挑战?让我们为此做出最后的努力并得出我们的一切后果吧。躯体、温情、创造、行为、人类的高贵,让我们在这疯狂的世界中重新获得它们的位置吧。人将终于在那里获得他的伟大赖以为生的荒诞之酒和冷漠之粮。

让我再次强调方法:问题在于坚持。在他的道路的某一点上,荒诞的人受到吸引。历史不乏宗教和预言家,但没有神。人们要求他跳跃。他所能够回答的,就是他不太理解,事情不明显。而他恰恰只想做他理解的事情。人们向他肯定这是骄傲之罪,但是他不懂罪孽的概念;人们向他肯定也许地狱就在尽头,但是他没有足够的想象力,无法给自己描绘出这种奇怪的前途;人们还向他肯定他要失去永恒的生命,但是他觉得这微不足道。人们想要让他承认他的罪过,他却觉得自己是清白的。说真的,他只感觉到这一点:他那无法挽回的清白。正是这清白使他为所欲为。这样,他要求于自己的,就是单单靠着他所知道的东西生活,与存在的东西取得一致以及不使任何不可靠的东西介入。人们对他回答说一切都是不可靠的。但是,至少这就是一种可靠的东西。他与之打交道的就是这东西:他想知道是否可能义无反顾地生活。

现在我来谈自杀的概念。人们已经感觉到可能给予它什么样的解决。在这一点上,问题被颠倒过来了。先前的问题是知道人生要值得过是否就得有一种意义。这里正相反,看来是人生越没有意义就越值得过。体验一种经验、一种命运,就是完全地接受。然而,假如人们不是千方百计地在自己面前保持这种经过意识逐日整理过的荒诞的话,他既知道这命运是荒诞的,那就不会体验这命运。否定他赖以生活的对立的某一项,就是逃避这种对立。取消意识的反抗,就是回避问题。不断革命这一主题就这样转移到个人的经验中去了。活着,就是使荒诞活着。使荒诞活着,首先就是正视它。与欧律迪刻① 相反,荒诞只是在人离开它时才死去。因此,协调一致的哲学立场之一,

---

① 希腊神话中,俄耳甫斯之妻欧律迪刻受到阿里斯塔俄斯的追逐,被蛇咬死。

就是反抗。反抗就是人和他自己的阴暗面之间的永恒对抗。它要求一种不可能的透明。它时时刻刻都对世界提出疑问。正如危险向人提供了不可替代的把握世界的机会，形而上的反抗把意识贯穿于经验的始终。它就是人对他自己的那种不变的存在。它不是向往，它没有希望。这种反抗只是一个不可抵抗的命运的保证，却没有本应伴同这保证的那种顺从。

正是在这里，人们看到荒诞的经验距离自杀有多么远。人们可能认为自杀紧跟着反抗。但是不对。因为自杀表现不出反抗的逻辑的结局。因为根据它所提出的允诺，它正是反抗的反面。如同跳跃一样，自杀是尽其所能的接受。一切都至善至美了，人又回到他的本质的历史中了。他的未来，唯一的、可怕的未来，他已分辨出来，并投入其中。自杀以它的方式解决了荒诞。它把它拖入同一种死亡中去。但是我知道，荒诞是坚持不懈的，不能解决。荒诞逃脱了自杀，因为它同时是对死亡的意识和拒绝。在一个死刑犯的临终的思想的最前沿，荒诞就是那根鞋带，他就在令人眩晕的沉沦的边缘，一无所见，单单看见了几米外的那根鞋带。自杀者的反面，正好是死刑犯。

这反抗把它的价值给了人生。反抗贯穿着生存的始终，恢复了生存的伟大。对于一个眼界开阔的人来说，最美的景象莫过于智力和一种超越他的现实之间的搏斗。①人类骄傲的景象是无与伦比的。任何贬值都莫奈它何。精神给自己规定的这种纪律，这种锻造得无懈可击的意志，这种面对面，是有着某种强大而奇异的东西的。非人性用这种现实造就了人的伟大，使这种现实贫乏，就是使自己贫乏。于是，我明白了为什么对我解释一切的那些理论也同时使我衰弱。它们把我自己的生活的重负从我身上卸下，而我是应该独力承担的。在这转折处，我只能设想，一种怀疑主义的玄学将要和一种弃世的道德结成联盟。

意识和反抗，这些拒绝是出世的反面。人心中一切不可克服、充满激情的东西都向着他的生活的反面激励着它们。要未曾和解地死，不能心甘情愿地死。自杀是个未知数。荒诞的人只能穷尽一切，并且穷尽自己。荒诞是他的最极端的张力，是他以一种孤独的努力不断保持着的张力，因为他知道，在这种日复一日的意识和反抗中，他显示出他唯一的真理，即挑

---

① 参见塞内卡《论神意》第 2 章，第 7 节。——原编者注

战。这是一个重要的后果。

这种经过协商的立场在于引出由一种明显的概念带来的全部后果（也仅此而已），我若坚持这种立场，就面临着第二个反常现象。为了忠于这个方法，我毫不理会形而上的自由这个问题。知道人是否是自由的，这我没有兴趣。我只能体验到我自己的自由。对于这种自由，我不能获得一般的概念，但有一些明确的估计。"自在的自由"这个问题没有意义。因为它以完全不同的方式与上帝的问题相连。知道人是否是自由的，这要求人们知道他能否有一个主人。这个问题的特殊的荒诞性来源于概念本身使自由问题成为可能，同时又取消它的全部意义。因为在上帝面前，恶的问题更甚于自由的问题。人们知道这种抉择：或者我们不是自由的，或者万能的上帝对恶负有责任；或者我们是自由的，负有责任的，而上帝不是万能的。经院式的钻牛角尖对这个反常现象的不容置辩并没有增加或减少什么。

这就是为什么我不能迷失在对一种概念的颂扬或简单定义之中，这种概念从超出我的个人经验那一刻起就逃脱了我的把握并失去了意义。我不能理解一种由某个更高一级的存在给予我的自由能是什么东西。我已经失去了等级感。我对自由只能有囚徒或国家中的现代个人的理解。我所认识的唯一自由，是精神和行动的自由。如果说荒诞取消了我对永恒自由的一切机会，它却还给我并激发了我的行动的自由。这种对希望和未来的剥夺意味着增加人的不受约束性。

在与荒诞相遇之前，平常的人是带着若干目的、对未来或对辩解（问题不在于对什么人或什么事）的关心来生活的。他估量他的运气，把希望寄托在来日、退休或儿子的工作上。他还相信他生活中的某种东西能有所发展。实际上，他行动起来就像他是自由的一样，尽管所有的事实都使这种自由充满了矛盾。在遇到荒诞之后，一切都被震动了。这种"我在"的想法，我的仿佛一切都有一种意义（尽管我说过并非有什么意义）的那种行动方式，这一切都被一种可能的死亡所具有的荒诞性以一种令人眩晕的方式推翻了。想到来日，确立一种目的、有所偏好，这一切都以相信自由为前提，尽管人们有时也确信并没有感受到自由。但是在这个时候，这种高级的自由，这种唯独它能够建立一种真理的存在的自由，我知道得很清楚，是并不存在的。作为唯一的现实,死亡就在那儿。死亡之后,一切就都完了。我也没有永存的自由,我是奴隶,尤其是一个没有永恒革命希望的、不求助于蔑视的奴隶。而谁没有革命、没有蔑视却能始终是一个奴隶?什么样的自由没有永恒的保证能够在充分的意义上存在?

但是同时,荒诞的人也明白,到目前为止,他一直与建立在他赖以为生的幻想之上的那个关于自由的公设连在一起。从某种意义上说,这束缚着他。在他为他的生活想象出一个目的的情况下,他是符合一种需要达到的目的的要求的,并且成了他的自由的奴隶。这样,我就只能像我准备成为的家长(或工程师,或群众的领导者,或邮电部门的临时雇员)那样行事了。我相信我可以选择成为什么人,不成为什么人。我相信这一点是无意识的,这倒是真的。但是同时我也坚持我对周围的人的信仰、对我的人文环境的偏见(其他人是那样地确信他们是自由的,这种愉快的心情是那样地具有传染性!)所作的公设。不管人们能够多么远地避开任何道德的或社会的偏见,人们总要部分地受其影响,甚至还让生活去适应其中最好的(偏见有好有坏)。这样,荒诞的人明白了他实际上并不自由。说得明确些,在我有所希望的情况下,在我为一种以存有或创造的方式属于我的真理感到不安的情况下，总之，在我安排我的生活并因此而证明我承认生活有一种意义的情况下，我为自己设置了栅栏，并把我的生活圈在其中。我像许多精神和心灵的公务员一样行事，他们只是引起我的厌恶，而现在我看得很清楚，他们除了认真对待人的自由以外，什么事也不干。

荒诞在这一点上启发了我：来日是没有的。从此，这就是我的深刻的自由的原因。我这里进行两种比较。神秘主义者首先发现要给自己一种自由。由于沉溺在他们的神之中，服从他的规则，他们也就秘密地成为自由的了。他们是在一种自发地赞同的奴隶状态中发现一种深刻的独立的。然而，这种自由意味着什么？人们尤其可以说他们是针对自身而感到自由的，特别是感到不如被解放那样自由。同样，荒诞的人整个地转向死亡（这里被看作是最明显的荒诞），他就感到摆脱了那种在他身上结晶的热情的关切之外的一切东西。针对通行的规则，他体味到一种自由。这里人们看到存在哲学的出发主题保持着它们的全部价值。回到意识，逃避日常的沉睡，形象地说明了荒诞的自由的最初活动。但是，它对准的是存在的说教，同时也是实际上逃脱了意识的那种精神的跳跃。①同样（这是我的第二个比较），古代的奴隶并不属于自己。但是，他们知道那种根本感觉不到负有责任的自由。死亡也有一双贵族的手，既镇压，也解放。

　　沉浸在这种无底的可靠之中，从此感到自己对自己的生活是陌生的，足以使人不像情人那样近视地增加并过完这种生活，这里面就有一种解放的原则。这种新的独立结束了，如同任何行动的自由一样。它不对永恒开支票。但是它代替了自由的幻想，而这些幻想在死亡时全部停止。清晨，监狱的门在死刑犯面前打开，他的神圣的不受约束性，这种除了生活的纯粹的火焰之外对一切事物的令人难以置信的不感兴趣、死亡和荒诞，人们清楚地感到，这些东西是唯一的理性的自由的原则：这种自由是一颗人心可以体验和经历的。这是第二个后果。荒诞的人就这样隐约看见一个灼热而冰冷的、透明而有限的宇宙，在那里，没有什么东西是可能的，但是

---

　　①　这里说的是一种事实的比较，而不是对顺从的赞美。荒诞的人是和解的人的反面。——作者原注

一切又应有尽有，过了这个宇宙，就是崩溃和虚无。这时他可以决定同意生活在这样的宇宙中，并从中汲取他的力量、他对希望的拒绝以及对一种没有慰藉的生活的固执的见证。

然而，在这样一个宇宙中的生活意味着什么？目前这只意味着对未来的冷漠和穷尽现存的一切激情。相信生活的意义，这总是意味着一种价值等级，一种选择以及我们的偏好。相信荒诞，根据我们的定义，告诉我们的却是相反。不过，这值得再谈·谈。

知道人能否义无反顾地生活，这就是我感兴趣的一切。我丝毫也不想走出这个范围。生活的这种面貌既已给了我，我能够将就吗？况且，面对着这特殊的挂虑，对荒诞的信仰又来用经验的数量取代其质量。如果我确信这种生活只有荒诞的面目，如果我体验到它的全部平衡系于我的有意识的反抗和它挣扎其中的黑暗之间的永恒对立，如果我承认我的自由只就其有限的命运而言才有意义，那么我应该说，重要的不是生活得最好，而是生活得最多。我无须去想这是庸俗的还是令人恶心的，是高雅的还是令人遗憾的。在这里，为了事实的判断，价值的判断被一劳永逸地排除了。我只须从我能看见的一切中得出结论，不贸然提出任何还是假设的东西。假设说这样生活不是诚实的，那么，真正的诚实将迫使我不诚实。

生活得最多，从广泛的意义上说，这一生活准则毫无意义。必须加以明确。首先，似乎人们对数量这个概念挖掘得不够。因为这个概念可以触及人类经验的很大一部分。一个人的道德，他的价值等级只是从他积聚起来的经验的数量和种类来看才有意义。然而，现代生活的条件强加给大多数人同样数量的经验，因此，也是同样深刻的经验。当然，还应该充分估计个人的自发的贡献，即他身上"已知的"东西。但是，我对此不能判断，我再说一遍，这里我的准则是处理直接的明显事物。于是我看到，一种通行的道德的特点，比诸激励着它的那些原则的理想的重要性，更存在于可以按大小分类的一种经验的标准之中。说得勉强一点，希腊人有他们的娱乐的道德，正如我们有我们的八小时工作制的道德。但是许多人，以及其中最悲惨的人，已经使我们预感到一种更长久的经验将改变这张价值表。他们使我们想到那个日常生活的冒险者，他仅仅用经验的数量打破了一切纪录（我有意使用这一运动术语），从而赢得了他的道德。①不过，我们还是离开浪漫主义吧，我们只来问，对一个决心接受打赌并严格遵守他所认可的赌博规则的人来说，这种态度意味着什么。

打破一切纪录，这首先并且也仅仅是尽可能经常地正视世界。如何能够做到这一点而又没有矛盾和文字游戏呢？因为，一方面，荒诞告诉我们所有的经验都是无关紧要的；另一方面，它又导致最大量的经验。那么，如何能不像我上面谈到的那些人那样行事，如何选择给我们带来尽可能多的人文材料的生活形式，如何因此而引入一种有人从另一个方面声称要加以抛弃的价值等级呢？

然而，教导我们的仍然是荒诞和他的矛盾的生活。因为错误在于认为经验的数量取决于我们的生活，而实际上它只取决于我们自己。这里需要简单化。对于两个寿命相同的人，世界总是提供同样数量

---

① 数量有时产生质量。如果我相信科学理论的最近的成果的话，一切物质都是由若干能量中心构成的。它们的或大或小的数量形成了它们的或大或小的特殊性。十亿个离子和一个离子的区别不仅在数量，而且也在质量，在人类的经验中，类似之处很容易找到。——作者原注

的经验。我们要意识到这一点。感觉到他的生活、他的反抗、他的自由，而且要尽其可能，这就是生活，而且是尽其可能地生活。清醒统治的地方，价值等级就没有用了。让我们再简单化一些。我们说唯一的障碍，唯一的"错过的机会"，是由过早的死亡组成的。这里暗示出的宇宙只是因为和死亡这个恒定的例外相对立才得以生存的。所以，在荒诞的人眼中，没有任何深刻性、任何感情、任何激情、任何牺牲可以使四十年的有意识的生活和六十年的清醒两者相等①（哪怕他愿意也不行）。疯狂和死亡，这是他的不可补救的事情。人并不选择。他所具有的荒诞和增加的生活不以人的意志为转移，而是取决于他的反面，即死亡。②仔细掂量一下用词，这里只是一个机会的问题。应该善于赞同。二十年的生活和经验是绝对不可替代的。

由于一种对一个如此富有经验的民族来说是很奇

---

① 对虚无这个如此不同的概念亦可作同样的思考。它对真实不增减，也不在虚无的心理经验中，考虑到两千年以后的事情，我们自己的虚无才真正地有了意义。从它的一种面貌看，虚无正是由未来的生活的总和造成的，而那些生活将不会是我们的生活了。——作者原注

② 意志在这里只是代理人，它倾向于保持意志。它提供一种生活纪律，这是值得重视的。——作者原注

怪的不一致，希腊人希望早夭的人是神所宠爱的。如果人们愿意承认：进入神的可笑的世界，就是丧失最纯洁的快乐，即感觉并且是在人世间感觉，唯其如此，那才是真的。一个不断地有意识的灵魂面前的现存以及现存的连续，这就是荒诞的人的理想。然而，理想一词在这里保留着一种虚假的声音。这甚至并不是他的使命，而仅仅是他的推理的第三个后果。从非人的一种焦虑的意识出发，关于荒诞的沉思又回到了它的旅程的终点，这旅程就在人的反抗的热烈的火焰之中。①

这样，我就从荒诞中引出三种后果，即我的反抗，我的自由和我的激情。仅仅通过意识的作用，我把死亡的邀请变成了生活的准则——而且我拒绝自杀。我当然知道贯穿在那些岁月之中的沉重的回声。然而我只有一句话要说，因为那是必要的。当尼采写

---

① 重要的是要一致。人们在这里是从一种对世界的赞同出发的。但是，东方思想教导说，人们在选择反对世界的时候也可以进行同样的逻辑努力。这也是合乎情理的，并给本文画出了前景和界限。但是，当否定世界是以同样的严格性进行着的时候，人们在有关事业的无所谓方面常常达到相似的结果(在某些吠檀多派中)。在一部叫作《选择》的重要著作中，让·格勒尼埃以此种方式建立了一种真正的"无所谓哲学"。——作者原注

道:"很明显,天上和地上的主要事情就是长期地、在一个方向地服从:慢慢地就产生出某种值得为之生活在这片土地上的东西,例如美德、艺术、音乐、舞蹈、理性、精神,某种使事物改观的东西,某种文雅的、疯狂的或神圣的东西。"①他就说明了一种具有伟大气派的道德的准则。然而,他也指出了荒诞的人的道路。服从激情,这同时既是容易的又是困难的。不过,人有时应该在与困难的较量中显出自己的本色。唯有他能够做到。

阿兰②说:"祈祷,就是夜来到了思想上。"神秘主义者和存在哲学家回答说③:"但是精神必须与夜相遇。"当然,但不是那种在闭合的双眼之下、仅仅由人的意志而产生的夜,不是那昏暗的、精神激起并在其中迷失的夜。如果它应该遇上夜,那应该是绝望之夜,总是清醒的;应该是极地之夜,精神的不眠之夜,从中可能会升起白色的、纯洁的光,使每一种东

---

① 见尼采《超乎善恶》,第183页。——原编者注
② 阿兰(1863—1951),法国著名哲学家、作家。下面这句话见于他的《观念和时代》,伽利玛版,1927年,第1卷,第15页。——原编者注
③ 见舍斯托夫《死亡的启示》,第183页。——原编者注

西都在智慧的光明中轮廓分明。在这个程度上，等值就与充满激情的理解相遇了。这时甚至不再有评断存在的跳跃的问题了。它在人类态度的古老画卷中重获它的位置。对于观者来说，如果他是有意识的，这跳跃仍然是荒诞的。他以为消除了这个反常现象，其实，他是完全恢复了这个反常现象。在这种名义下，他是动人的。在这种名义下，一切重归原位，荒诞的世界在其壮丽和杂多之中获得再生。

然而，中途停止是不对的，满足于一种观察的方式、放齐矛盾这种也许是全部精神力量中最微妙的力量也是困难的。以上所述只是确定了一种思想的方式。现在，问题是生活了。

荒诞的人

倘若斯塔夫罗金有宗教信仰，那他也并不相信他有宗教信仰。倘若他没有宗教信仰，那他也并不相信他没有宗教信仰。

——《群魔》①

---

① 见《群魔》第2部第6章：《忙碌不堪的一夜》。——原编者注

歌德说:"我的场地就是时间。"这真是一句荒诞的警句。那么荒诞的人到底是什么呢?是那个不否认永恒,但也不为永恒做任何事情的人。并非怀念对他是陌生的。但是他更喜欢他的勇气和推理。前者教他义无反顾地生活和满足于现有的东西,后者让他知道他的局限。他确信他的自由到了尽头,他的反抗没有前途,他的意识可以消亡,然而他在他的生活的时间中继续他的冒险。这就是他的场地,这就是他的行动,他使之避免除自己的判断以外的任何判断。对他来说,一种更伟大的生活并不能意味着另一种生活。否则就是不诚实的。我在这里甚至不谈人们称为后世的那种可笑的永恒。罗兰夫人① 相信它。这种轻率得

---

① 罗兰夫人(1754—1793),法国资产阶级革命中吉伦特派的代表人物。后被革命法庭处以绞刑。她在狱中写有《回忆录》。

到了教训。后世很愿意记下这个词,但是忘了加以评断。罗兰夫人引不起后世的兴趣。

这里谈不上道德问题。我见过一些人很有道德地干着坏事,我每天都看见诚实并不需要准则。只有一种道德是荒诞的人可以接受的,即那种不脱离上帝的道德,因为它是自律的。然而,荒诞的人恰恰是生活于这个上帝之外的。至于其他道德(也包括非道德主义),荒诞的人从中只看见辩白,而他是没什么可辩白的。我这里是从他的无辜这一原则出发的。

这种无辜是可怕的。"一切都是可允许的。"伊凡·卡拉玛佐夫① 喊道。这也发出了荒诞的气味,但条件是非庸俗地理解。我不知道人们是否注意到了:这不是一种解脱的、快乐的叫喊,而是一种辛酸的确认。确信有一个可以给生活以意义的上帝,其诱惑力远远超过了不受惩罚的作恶的能力。选择不会是困难的。但却无可选择,辛酸于是开始了。荒诞并不解脱,而是连结。它并不允许一切行动。一切都可允许并不意味着什么也不被禁止。荒诞仅仅是把一切行动的等值还给这些行动的后果。它并不劝人犯罪,否则就是幼稚

---

① 陀思妥耶夫斯基的小说《卡拉玛佐夫兄弟》中的主人公。

的，但是它为悔恨恢复其无益。同样，如果所有的经验都是无关紧要的，那么，义务的经验就和另一种经验一样地合乎情理。人们可以因任性而有德行。

一切道德都建立在这种观念之上，即一个行动具有使之合乎情理或使之磨灭无效的后果。一种浸透了荒诞的精神只是判断这些结果应被心平气和地加以估量。它随时准备付出代价。换句话说，对于它，假使说有负责的，却没有犯罪的。至多，它认可利用过去的经验来缔造它未来的行动。时间将使时间生存，而生活将为生活服务。在这个既局限又充满可能的场地中，一切本身，除了它的清醒之外，它都觉得是不可预料的。从这个不可理喻的秩序中可以得出什么样的准则呢？它觉得可以是有教益的唯一真理丝毫也不是形式的：这真理活跃起来，并在人中间展开。因此，荒诞在其推理的终结时能够寻找的不是伦理的准则，而是形象的说明和人类生活的气息。此后的一些形象即属此类。它们一边继续荒诞的推理，一边把它的态度和它们的热力赋予它。

一个例子不一定就是一个值得仿效的例子（在一个荒诞的世界中更非如此），这些形象的说明并不因此就成为典范，这种观念我还需要展开吗？除了有使命之外，比较起来，人们要从卢梭那里认为应该爬着走路，从尼采那里认为虐待母亲是合适的，那就会使自己变得可笑。一位现代的作者写道："应该是荒诞的，但不应该受骗。"这里涉及的态度只有考虑到其反面才能具有全部意义。一个邮局的临时雇员和一位征服者是平等的，如果他们的意识是一样的话。在这方面，一切经验都是无关紧要的。有的帮助人，有的妨害人。如果他是有意识的，经验就帮助他。不然的话，也没有关系：一个人的失败并不是对环境下判断，而是对其本人下判断。

我选择的只是那些试图穷尽自身的人，或者我意识到他们是在穷尽自身的人。到此为止。眼下，我只想谈论一个世界，其思想和生活都被剥夺了未来的世界。一切使人工作或骚动的东西都利用希望。因此，唯一不说谎的思想是一种没有结果的思想。在荒诞的世界中，一个概念或生命的价值是以其贫乏来衡量的。

唐璜作风

如果爱就够了，事情就太简单了。人们越是爱，荒诞就越是牢固。唐璜拈花惹草绝不是因为缺乏爱情。把他表现为一个寻求完全的爱情的、有幻象的人是可笑的。然而，那的确是因为他怀着同等的激动、每次都全心全意地爱她们，他才必须重复那种天赋和那种感情的深化。因此，每一个女人都希望带给他从未有人给予过他的那种东西。每一次她们都大错特错，而仅仅使他感到重复的必要。其中有一位喊道："反正我给了你爱情。"他笑了，说道："反正？不，不过是多了一次。"人们会对此感到惊奇吗？为什么要爱得深就得爱得少呢？

唐璜是忧郁的吗？不大像。我几乎不必求助于故事。那笑、那胜利的放肆、那跳跃、那对演戏的爱好，都是清晰的、快乐的。任何健康的人都倾向于繁殖。唐璜也是如此。再者,忧郁的人有两个忧郁的原因,或者是他们无知,或者是他们希望。唐璜知道,而且不抱希望。他使人想到那些艺术家,他们知道自己的局限,并且从不超越,在他们的精神稳定下来的不牢靠的间歇中,他们又有着大师的一切奇妙的舒适。而这就是天才:知道其边界的智力。直到肉体死亡的边缘,唐璜都不知道忧郁为何物。从他知道的那一刻起,他就爆发出大笑,而这就原谅了一切。在他希望的时候,他是忧郁的。今天,在这个女人的嘴唇上,他重新发现了唯一科学的苦涩而慰藉的滋味。苦涩?不尽然:那是使幸福变得敏感的必要的缺陷!

试图在唐璜身上看见一个饱读传道书的人,那可是上了大当。因为对他来说,如果希望另一种生活不是虚荣的话,那就没有什么是虚荣了。既然他对上天本身玩弄虚荣,他就证明了这一点。悔恨把欲望消磨在享乐之中,这种无能的老一套与他无缘。这种事情对浮士德是很合适的,他相信上帝到把自己出卖给魔鬼的程度。对唐璜来说,事情就更简单了。莫利纳①

---

① 莫利纳(约1583—1648),西班牙著名剧作家,其作品《塞维勒的骗子》是一出著名的性格喜剧,其中首次出现了唐璜的形象。

的"骗子"对地狱的威胁总是回答说:"请你为我延期吧!"死后的事情毫无意义,而会生活的人有着多么漫长的岁月啊!浮士德要求这个世界的财富;不幸的人只须伸出手来干。不知道如何使自己的灵魂快乐,就已经是把它出卖了。相反,唐璜要求的是满足。如果他离开一个女人,并非绝对地因为他对她没有欲望了。美丽的女人总是能激起情欲的。但是,他是否想望另一个女人,这不是一回事。

今世的生活使他满足,最坏的莫过于失掉它。这疯子是一位大智者。然而,靠希望生活的人却与这个世界合不上拍,在这个世界中,善良让位于慷慨,温情让位于男性的沉默,一致让位于孤独的勇敢。而且人人都在说:"这是一个弱者、一个理想主义者或一个圣人。"必须吞下使人感到屈辱的伟大。

人们对唐璜的话语和那句对任何女人都有用的话(或者对那种贬低了他所欣赏的东西的同谋的笑)感到相当愤慨。然而,对于寻求快乐的数量的人来说,唯有效率才算数。口令已经显示出效力,使之复杂化又有何益?女人,男人,都不听,只是听发出口令的声音罢了。这些口令就是准则、协议和礼貌。人们发出了口令，然后，最重要的还有待去做呢。唐璜已准备就绪。他为什么要给自己提出道德问题呢？他不是像米洛兹① 笔下的玛纳拉那样想要超凡入圣才受入狱之罚的。对他来说，地狱是一个人们挑动起来的东西。面对神的愤怒，他只有一个回答，而那正是人的荣誉。他对骑士说："我有名誉，我履行诺言，因为我是骑士。"但是，把他看成一个非道德主义者也是大错。他在这方面"与常人无异"：他的道德就是他的同情或厌恶。只有参照他通常所象征的人，人们才能很好地理解唐璜，即普通的诱惑者和讨女人喜欢的男人。他是一个普通的诱惑者。②区别只有一点，即他是有意识的，因此他是荒诞的。一个诱惑者变得清醒，这并不因此而有所改变。诱惑就是他的常态。只有在小说中人才改变常态或者变得更好。但是人们也可以说，什么也不曾改变，同时一切又都变化了。唐璜付诸行动的，是一种数量的伦理，与倾向于质量的

---

① 米洛兹（1877—1939），法国作家，原籍立陶宛。他的剧本《米盖尔·玛纳拉》塑造了一个孤独而痛苦的唐璜。

② 在充分的意义上，并且连带他的缺点，一种健康的态度也是包含着缺点的。——作者原注

圣人相反。不相信事物的深层的意义,这是荒诞的人的本色。那些热烈的或惊奇的面孔,他都一一看过,储存起来,并付之一炬。时间与他一起前进。荒诞的人就是那种不脱离时间的人。唐璜并不想"收集"女人。他穷尽其数量,并且同她们一起穷尽生活的机会。收集,就是有能力以过去为生。但是他拒绝悔恨,这希望的另一种形式。他不会看肖像。

他因此就是自私的吗?他无疑是个独特的利己主义者。但是,问题仍在于理解。有些人生来就是为了活的,有些人生来就是为了爱的。唐璜至少愿意说出来。但是,他说得简略,他可以进行选择。因为人们这里说的爱情是由对永恒的幻想装饰起来的。激情的所有专家都告诉我们,只有不愉快的永恒爱情。几乎没有不包含斗争的激情。一种这样的爱情只有在死亡这最后的矛盾中才会结束。要么是维特,① 要么什么也不是。这里也有好几种自杀的方式,其中之一是完全的献身和对自身的遗忘。唐璜像另一个人一样,知

---

① 歌德小说《少年维特之烦恼》中的人物。

道这可以是很动人的。但是，他是少数人之一，他们知道那并不重要。他知道得同样清楚：被一种伟大的爱情引动得脱离个人的全部生活的人也许会变得丰富起来，但是，他们的爱情适中的那些人肯定要变得贫乏。一位母亲，一个热情的女人，必然有一颗干枯的心，因为这颗心脱离了世界。只有一种感情、一个人、一张面孔，但一切都已被吞噬。震动了唐璜的是另一种爱情，这种爱情是解放者。它随身带来了世界上的所有面孔，它的颤抖来自它知道自己是可以消亡的。唐璜选择了成为无。

对他来说，问题在于看得清楚。我们只是考虑到一种来自书本和传说的集体的看事物的方式时，才把那种把我们与一个人联系在一起的东西叫作爱情。然而，关于爱情，我只知道那种欲望、温情和智力的混合，这种混合把我同另一个人联系在一起。它又因人而异。我没有权利用同一个名称称呼所有这些经验。这使人们不必从同样的行为中得到这些经验。荒诞的人在这里更增加了他不能够统一的东西。这样他就发现了一种新的存在方式，这种存在方式至少像解放了接近他的那些人一样地也解放了他。唯有那种知道自己既是暂时的又是独特的爱情才是慷慨的爱情。对于唐璜来说，全部这些死亡和这些再生造就了他的全部生命。这是他的奉献以及使生命活跃起来的方式。我让别人去判断这是否谈得上利己。

我这里想到了所有那些绝对地希望唐璜受到惩罚的人们。不仅在来世，而且也在今世。我想到了所有那些关于晚年的唐璜的故事、传说和嘲笑。不过，唐璜早有准备。对于一个有意识的人来说，衰老以及它们所预兆的东西并不是一件使人惊讶的事情。他之有意识，恰恰是因为他不向自己隐瞒其可怖之状。在雅典，有一座神庙是奉献给衰老的。人们把孩子们带到那儿去。对唐璜来说，人们越是笑他，他的形象越是分明。因此，他拒绝浪漫派赋予他的形象。那个痛苦万状的、可怜的唐璜，是无人想取笑的。人们可怜他，上天拯救他吗？并非如此。在唐璜隐约看见的那个宇宙中，可笑也是被理解的。他认为被惩罚是正常的。这是赌规。他接受了全部赌规，这正是他的慷慨。但是，他知道他有道理，谈不上惩罚。一种命运并不是一种惩罚。

这就是他的罪孽，而人们知道，永恒的人把这称作对他的惩罚。他达到了一种不存幻想的科学，这种科学否定他们所宣扬的一切。爱以及占有，征服以及穷尽，这就是他的认识的方式。(在这个《圣经》喜欢的字眼中有深意存焉，它将爱的行为称为"认识"。)他是他们的最凶恶的敌人，因为他不理睬他们。一位专栏编辑转述道，真正的"骗子"是被方济各修会的修道士谋害而死的，后者想"结束唐璜的放纵和不信宗教，而唐璜的出生保证了他的不受惩罚"。他们随后就宣布上天以雷劈死了他。没有人检验过这种奇怪的结局。也没有人做出相反的证明。然而，无需考虑这是否像真的，我就可以说这是合乎逻辑的。我这里只是想记住"出生"一词，并借题发挥一下：这说的是生活保证了他的无辜。他只是从死亡中得到了现在成为传奇式的罪过。

那位石头骑士，为了惩罚敢于思想的鲜血和勇气而震动起来的那尊冰冷的塑像，还意味着别的什么吗？它的身上概括了永恒理性、秩序、普遍道德的全部权力以及一个易怒的上帝的全部奇怪的威严。这块巨大的、没有灵魂的石头只是象征着唐璜永远否定的那些力量。但是骑士的使命到此为止。霹雳可以再回到人造的天上，而它正是从那儿被呼唤来的。真正的悲剧是在他们之外演出的。不，唐璜并非死于一只石头的手。我宁愿相信传说中的对抗，相信那个健全人的疯狂的笑声，他向一个并不存在的神挑战。但是，我尤其相信唐璜在安娜处等候的那天夜里，骑士没有来，半夜之后，这不信宗教的人应该感到那些有道理的人们的可怕的辛酸。我更愿意接受关于他的一生的那种叙述，即他最后进了修道院。这并非故事的有教育意义的一面能够被认为是像真的。向上帝能求得什么栖身之处？更确切地说，这说明了一个浸透了荒诞的人生的合乎逻辑的结局以及一种转向没有来日的快乐的存在的粗暴解决。享乐在此以苦行结束。应该明白，这两者可以成为同一种解决的两副面孔。还有什么更可怕的形象：一个为肉体所叛的人的形象，他不能适时而死，就一边等着结束，一边演完喜剧，面对着他并不崇拜、却像侍奉生活一样地侍奉着的神，他跪在虚无面前，双臂伸向天空，他知道这天空既没有话语也没有深度。

我看见唐璜在一座西班牙修道院的一间小室中，那修道院藏在一座小山上。如果他看着什么东西的话，那不是逝去的爱情的幽灵，而可能是透过一个灼人的小孔望着西班牙的某个平原，壮丽的、没有灵魂的、他在其中认出自己的一片土地。是的，应该停止在这个忧郁而光辉的形象上。最后的结局，被等待然而并不被期望的结局，这最后的结局是可以忽略的。

戏　剧

哈姆莱特说："演戏，这就是我抓住国王的意识的陷阱。""抓住"一词用得好。因为意识要么走得很快，要么就缩回去。必须在那个它向自己匆匆一瞥的千载难逢的时刻凌空抓住它。普通人不大喜欢耽搁。相反，什么都在催着他。然而同时，使他感到兴趣的又莫过于他自己，尤其是他可能成为的那种东西。他对于剧场和戏剧的爱好即由此而来，在那里，有那么多命运呈现在他面前，他接受其诗意而不必忍受其苦涩。人们至少可以在那里认出无意识的人，而他继续匆匆奔向无以名之的希望，荒诞的人开始于此人结束的地方。那里，精神不再旁观，而想自己参加进去。深入到所有那些生活中去，体验其多样性，就正是演出那些生活。我不是说演员们普遍地听从这种召唤，也不是说他们是荒诞的人，我是说他们的命运是一种荒诞的命运，可能诱惑或吸引一颗敏锐的心。为了不误解下文，以上所述是必要的。

演员在可以消亡的东西中为王。人们知道，在一切光荣之中，他的光荣是最为短暂的。至少在闲谈中人们可以这么说。然而，一切光荣都是短暂的。根据天狼星，歌德的作品在一万年之后将化为灰尘，其名也将被遗忘。也许会有几个考古学家寻找我们这个时代的"证据"。这种念头总是富有教益的。这种经过深思熟虑的念头将我们的骚动化为人们在冷漠中发现的那种深刻的高尚。它特别把我们的忧虑引向最可靠的东西，即最现实的东西。在一切光荣中，最不骗人的是那种自己感受到自己的光荣。

因此，演员选择了不可计数的光荣，即那种自己使自己长久、自己感受自己的光荣。万物终有一死，正是演员从中得出了最好的结论。演员有成功的，有不成功的。作家即便被埋没，也怀着希望。他假设他的作品将证明他是何等样人。演员至多留给我们一幅照片，他的行动和沉默、他的短促的呼吸或爱情的喘息、他自己的任何东西都到不了我们跟前。对他来说，不出名就是不演戏，而不演戏，就是和他本来可以使之活跃或使之再生的那些人一起死了一百次。

　　看到一种建筑在最短暂的创造之上的可以消亡的光荣，这有什么可惊奇的呢？一个演员可以有三个小时成为伊阿古或阿尔塞斯特，费德尔或格罗塞斯特。① 在这短暂的时间里，他在五十平方米的舞台上使这些人物诞生与死亡。荒诞从未被表现得这样好，这样长久。这些奇妙的生活，这些独特而完整的命运，生长与衰亡在几堵墙、几小时之内，还能希望什么更说明问题的缩影呢？过了高原，希吉斯蒙② 就什么也不是了。两个小时之后，人们就看见演员在城里吃饭。也许此时就是人生如梦吧。然而，希吉斯蒙之后还有别人。犹豫不定的主人公代替了复仇之后大喊大叫的人。历经各个时代和各种精神，按照可能和实际的样子模仿一个人，演员就与另一个人物，即旅行者会合了。他和这旅行者一样，也是耗尽某种东西，不停地奔波。他是时间的

---

　　① 以上四人分别为莎士比亚的《奥赛罗》、莫里哀的《恨世者》、拉辛的《费德尔》和莎士比亚的《理查三世》中的人物。
　　② 卡尔德隆的《人生如梦》一剧中的人物。

旅游者，在最好的情况下，又是灵魂的被追捕的旅行者。如果数量的道德果真能找到食粮，那就正是在这个奇特的舞台上找到的。演员能从那些人物身上得到多少好处，这是很难说的。但是重要的不在这里。问题仅仅在于他进入这些不可替代的生活到了何种程度。实际上，有时候他随时带着这些人物，他们也稍许越出他们诞生的时间和空间。他们陪伴着演员，演员要离开他过去的样子也不很容易了。有时候，他要端起一只杯子，会露出哈姆莱特举起酒杯的动作。不，他和他赋予生命的人物之间的距离并不是那么大。每个月或每一天，他都在充分地表明着这一含义丰富的真理，即一个人希望是什么和他现在是什么之间并没有界线。表象在何种程度上成为存在，这就是他所表现的，而他总是力图演得更好。因为这就是他的艺术，他的艺术就是绝对地假装，就是尽可能地深入不是他本人的那些生活中去。经过努力，他的使命也清楚了：刻意做到什么人也不是，或者是好几个人。他为创造他的人物所受的局限越是狭窄，他的才能就越是必要。他过三小时要死，其面貌就是他今天的面貌。他在三小时内必须体验和表达整个的一种非凡的命运，这叫作为了重新发现自己先失掉自己。在这三小时内，他要把一条走不通的路走到底，而这条路观众席上的人要走整整一生。

演员模仿可以消亡的东西，只是在表面上得到表现和改善。戏剧的惯例是心灵仅仅通过动作和在肉体中或通过既是灵魂的也是肉体的声音得到表达和被人理解。这门艺术的规律是一切都要夸张和得到形体的表现。如果在舞台上要像真的那样去爱，运用那种不可替代的心灵的声音，像人们凝视时那样的去看，那我们的语言就始终是一种密码了。在这里，沉默应当被人听见。爱情要提高调门，而静止本身要变得壮观。肉体至高无上。"演戏似的"并非随意而为，这个被错误地贬低的词包含着一种完整的美学和完整的伦理。人的一生有一半是在暗示、掉头不看和沉默中度过的。演员在这里是一个不速之客。他为被束缚的灵魂解除魔法，于是激情就冲向它们的舞台了。它们通过各种动作说话，它们的活动离不开喊叫。演员就这样构成他的人物，然后展示出来。他或画或雕，把自己塑进他们想象出来的形式之中，在他们的幽灵中注入自己的血液。不用说，我谈的是伟大的戏剧，它是给演员以机会来充实它那完全具体的命运的戏剧。请看莎士比亚。在第一场，是肉体的疯狂驱动着舞蹈。它们解释了一切。没有它们，一切都将崩溃。如果没有那个驱逐考德莉娅和谴责爱德加的狂暴的举动，李尔王是决不会赴疯狂给予他的约会的。这出悲剧在精神错乱的气氛中展开是很恰当的。灵魂听命于魔鬼和它们的狂舞乱跳。疯子不少于四个，一个出于职业，一个出于意愿，另外两个则出于折磨：四个乱了套的肉体，这是同一种状况的四种无法形容的面目。

人的肉体本身的系统是不够的。面具和厚底靴，在其最基本的成分中简化并突出脸部的化妆，既夸张又简单化的服装，一切都为了外表而牺牲了，而这仅仅是为了眼睛。由于一种荒诞的奇迹，肉体还带来了认识。如果我演伊阿古的话，我永远也不会很好地理解他。我听他说话是没有用的，我只是在看见他时才抓住了他。从荒诞的人物那里，演员获得了单调，那个他贯穿在他的各种主人公身上的独特的、迷人的、既奇怪又熟悉的轮廓。这里仍是伟大的戏剧作品有助于情调的统一。①演员自我矛盾之处正在这里：他既单一又多样，如此多的灵魂通过一个肉体概括出来。然而，这就是荒诞的矛盾本身，就是那个想达到和体验一切的人，就是那个徒劳的企图，就是那种没有意义的固执。永远自相矛盾的东西却在他身上统一起来了。他正处在这个地方，这里肉体和精神会合并紧抱在一起，这里因失败而厌倦的精神转向它最忠实的盟友。哈姆莱特说："祝福他们吧，他们的鲜血和判断是那样奇怪地混为一体，他们不再是命运的手指随意开合的笛子了。"

教会怎么没有谴责演员的这种活动呢？它反对这种艺术中异端灵魂的增长、感情的泛滥、一种精神上的骇人听闻的企图，这种精神拒绝只经历一种命运，反而加速投入各种放纵之中。它在他们当中禁止对现时的兴趣和普洛透斯②式的胜利，这些都是对它的教

---

① 这里我想到了莫里哀的阿尔塞斯特。一切都是那样的简单、明显、粗俗。阿尔塞斯特对菲林特，赛利麦纳对艾利昂特，整个主题存在于一个被推向结局的性格的荒诞的后果之中，诗句本身也是一种"歪诗"，差不多和性格的单调一样的节奏。——作者原注

② 希腊神话中变幻无常的海神，又名"海中老人"。

导的否定。永恒不是一场赌博。一种精神喜欢喜剧到了胜过喜欢永恒的程度就得不到拯救。在"到处"和"永远"之间没有妥协。因此,这种如此被贬低的职业就可能产生一种过分的精神冲突。尼采说:"重要的不是永恒的生命,而是永恒的活力。"实际上,整个悲剧就在这种选择之中。

阿德里安·勒古弗勒①临终时很想忏悔,领受圣体,但是拒绝放弃她的职业。她因此而没有得到忏悔的好处。实际上,这不是在上帝面前维护她的深刻的激情又是什么呢?这个垂死的女人含着眼泪拒绝否定她称之为她的艺术的东西,她因此向表现出一种她在脚灯前未曾达到的伟大。这是她的最美的角色,是最难扮演的角色。在上天和一种可笑的忠诚之间进行选择,喜欢自己甚于喜欢永恒或者投入上帝的怀抱,这就是她必须在其中坚持的古老的悲剧。

当时的演员们是自知已被革出教门的。加入这一行列,就是选择了地狱。教会看出它最凶恶的敌人就在他们中间。有几个文人发怒了:"怎么!拒绝给莫里哀最后的帮助!"然而,那是理所当然的,尤

---

① 阿德里安·勒古弗勒(1692—1730),法国著名女演员。

其是对一个死在舞台上、在粉墨之下结束了整个地奉献给娱乐的一生的人。人们说到他时提到天才原谅一切。然而天才什么也原谅不了，恰恰是因为天才不允许这样。

那时演员知道什么惩罚在等着他。但是，以生活本身给他留着的最后惩罚为代价的如此模糊的威胁能有什么意义呢？他事先体验到并全部接受的正是这一点。演员和荒诞的人一样，过早的死对他们来说都是无可挽回的。什么也补偿不了他可能经历过的那些面貌和时代的总和。然而，无论如何，问题是死亡。因为演员无疑是无处不在，但是，时间也在拖着他，并在他身上发生作用。

有一点儿想象力就足以感觉到演员的命运意味着什么。他是在时间中一个一个地创造他的人物。他是在时间中学会控制他们。他越是体验过不同的生活，他就越能和它们分得开。必须死在台上和世界上的时间到了。他体验过的东西面对着他。他看得清清楚楚。他感到这场冒险所具有的令人痛苦的、不可替代的东西。他知道，他现在可以死了。老演员们是有隐退的居所的。

征　服

征服者说："不，不要以为我为了喜欢行动就得忘记思想。相反，我可以完美地确定我所相信的东西。因为我是竭尽全力地相信，我观察的目光既可靠又明确。不要相信那些人说的：'这一点我是太知道了，所以我说不出来。'因为如果他们说不出来，那是他们不知道，或是由于懒惰，他们浅尝辄止。"

我没有很多看法。在生命结束的时候，人意识到，他过了许多年才核实了一个真理。然而一个真理，如果是一目了然的话，对于指导一种存在也就足够了。至于我，我关于个人的确有某种东西要说。应该不客气地说，如果必要的话，应该带着适当的轻蔑来说。

一个人应该是沉默多于说话的。有许多东西我将是不说的。然而我坚信，所有那些对个人进行过判断的人，他们寻求立论的根据的经验要比我们少得多。智力，动力的智力，它也许已经预感到应该确认东西的了。然而时代，它的废墟和鲜血已经在我们面前呈现出显而易见的东西了。古代的民族，甚至晚些的，直至我们这个机械时代的民族，都有可能衡量社会的美德和个人的美德，并且研究是哪一个应为另一个服务。这首先是根据人心的根深蒂固的错乱，这种错乱认为人来到世上是为了服务或者被服务。其次是因为无论是社会还是个人都还没有显示出各自的全部本领。

我见过一些善良的人，他们赞叹荷兰画家那些产生于血腥的弗朗德勒战争的杰作，为西里西亚的神秘主义者在可怕的三十年战争中所作的祷告所感动。在他们惊奇的眼中，现世的动乱之上浮动着永恒的价值。然而时间前进了。今天的画家失去了那种宁静。尽管他们实际上还有为创造者所必需的心，我是说一颗干枯的心，那也丝毫用不上了，因为人人以及圣人自己都被动员起来了。也许这就是我最深刻地感觉到的东西。战壕中每有一次失败，每有一个行动，比喻或祈祷，被钢铁碾碎，永恒就丢失了一部分。我意识到我不能离开我的时间，我就决定与它结为一体。仅仅是因为我觉得个人是可笑的、屈辱的，所以我才那么重视他。我知道没有胜利的事业，就对失败的事业感兴趣：它需要一个全心全意的灵魂，对它的失败和对它的短暂的胜利一视同仁。对于感到自己和这个世界共命运的人来说，文明的冲击是有着某种令人苦恼的东西的。我把这种苦恼当成我的苦恼，同时我也想碰碰我的运气。在历史和永恒之间，我选择了历史，因为我喜欢可靠的东西。至少我觉得历史是可靠的，而且如何能否认这种压倒我的力量呢？

总是有这样的时候，必须在静观和行动之间进行选择。这叫作长大成人。这种痛苦是可怕的。然而对一颗骄傲的心来说，中间道路是没有的，有的是上帝或时间，十字架或刀。① 这个世界有一种更高的意义，超越了它的骚动，或者除了这些骚动外没有什么是真的。必须和时间共生死或者为了一种更伟大的生活而摆脱它。我知道人们是可以妥协的，可以生活在时代中而相信永恒，这叫作接受。但是我厌恶这个词，我要么什么都要，要么什么都不要。如果我选择了行动，请不要以为静观对我就成了一块陌生的土

---

① 见《圣经·新约全书》之《路加福音》第22章。

地。但是它不能什么都给我，我失去了永恒，我就想和时间结盟。我既不愿把怀念也不愿把苦涩记在我的账上，我只想看得清楚。我对你们说，明天你们就要被征入伍了。对于你们，对于我，这都是一种解放。个人什么也做不了，然而他又什么都做得了。在这种奇妙的预备役当中，你们懂得我为什么既颂扬他，同时又压倒他。碾碎他的是世界，而解放他的是我。我把他的全部权利给了他。

征服者知道行动本身是没有用的。只有一种有用的行动，那就是彻底改变人和大地。我永远也彻底改造不了人们。然而，必须做得"仿佛如此"。因为斗争的道路使我遇见了肉体。肉体即便受到屈辱，它也是我唯一可靠的东西。我只能靠它来活着。造物是我的祖国。这就是为什么我选择了这种荒诞的、无意义的努力。这就是为什么我站在斗争一边，时代正适合于此，这我说过了。到目前为止，一个征服者的伟大还是地理性的。它是可以通过征服的土地的大小来衡量的。词改变了意义，不再指胜利的将军了，这并不是无关紧要的。伟大变换了营垒。它在抗议和没有前途的牺牲之中了。这绝不是因为喜欢失败。胜利是所希望的。然而胜利只有一种，永恒的胜利。这种胜利我却永远也不会有。这就是我被绊倒并紧紧抓住的地方。一场革命总是以反对神而告完成，总是以普罗米修斯的革命为开始，他是现代征服者中的第一个。这是人对抗命运而提出的要求：穷人的要求只是一个借口。但是我只能在其历史的行动中抓住这种精神，也正是在那里我与它连在一起了。然而请不要以为我热衷此道：面对着本质的矛盾，我坚持我的人的矛盾。我把我的清醒安置在否定它的东西中间。我颂扬面临着压倒他的东西的人，而我的自由、我的反抗和我的激情于是汇合在这种张力、这种敏锐和这种过分的重复之中了。

是的，人是他自己的目的，而且是他唯一的目的。如果他想成为什么，也是在这个生活中成为什么。现在，我深知这一点。征服者有时候谈论战胜和克服。但是他们指的总是"克服自我"。你们很清楚这是什么意思。任何人都在某一时刻感到自己等同于一个神。至少人们是这样说的。然而，这来自他在一瞬间感到了人的精神的伟大。征服者只不过是人中间的那些人，他们感到了他们的力量，足以有把握地不断生活在此种高度上和对这种伟大的充分的意识中。这或多或少是一个算术问题。征服者可能最伟大，但是他们超不过人的本身，只要后者愿意。这就是为什么他们永远也离不开人类的熔炉，而是投入到革命的灵魂最炽热的地方中去。

　　他们在那里发现了残废的造物，但他们也碰到了他们热爱和欣赏的唯一的价值，即人及其沉默。这既是他们的匮乏又是他们的财富。他们只有一种奢侈，那就是人的关系。在这个脆弱的宇宙中，一切与人有关的东西，一切只与人有关的东西，获得了一种更灼人的意义，对此如何能够不理解呢？拉长了的面孔，受到威胁的博爱，如此强大又如此腼腆的友谊，这是真正的财富，因为它们是可以消亡的。正是在这些东西中间，精神最能感到它的力量和它的局限。也就是说它的效力。有些人谈到了天才。然而天才一词用得太草率了，我更喜欢智力。应该说，它此时可以是很卓越的。它照亮了这片荒漠，并且控制了它。它知道它的奴隶地位，并为它增光。它将和这肉体一同死去。然而知道这一点，这正是它的自由。

所有的教会都反对我们，我们并非不知道。一颗如此紧张的心回避永恒，而所有的教会，神圣的或政治的，都追求永恒，幸福和勇气，报答或正义，对它们来说都是次要的目的。这是它们提出的一种教条，而且还必须赞同。然而，我和观念或永恒没什么关系。适合我的真理，手就可以摸到。我不能离开它们。这就是为什么你们不能指望我什么；征服者身上没有什么东西是长久的，甚至他的教条也不长久。

无论如何，这一切的终了是死亡。我们知道。我们也知道死亡结束一切。这就是为什么遍布欧洲的、纠缠着我们当中某些人的那些墓地是丑恶的。人们只美化心爱的东西，而死亡使我们反感和厌倦。它也是需要被征服的。被威尼斯人包围的帕多瓦，又因鼠疫而成了一座空城，被困在里面的最后一个卡拉拉① 人一边喊一边跑遍他的荒凉的宫殿的厅室：他呼唤魔鬼，请求一死。这是一种克服死亡的方式。让死亡自以为受到尊崇的那些地方变得如此可怕，这仍然是西方特有的一种勇敢的标志。在反抗者的宇宙中，死亡颂扬不公正。它是最高的夸大。

---

① 中世纪意大利的一个望族。

其他一些人也没有妥协，他们选择了永恒，揭露了这个世界的幻想。他们的公墓在花香鸟语中微笑。这对征服者是合适的，并向他展示了他曾经反对的东西的清晰的形象。相反，他选择了黑铁的围栏或无名的壕沟。面对着能够带着它们的死亡的这种形象生活的精神，永恒的人中最优秀者有时感到被一种充满敬意和怜悯的恐惧抓住了。然而，这些精神却从中汲取了它们的力量，得到了它们的证明。我们的命运就在我们面前，我们挑衅的正是我们的命运。与其说是出于骄傲，更是出于对我们的无意义的状况的意识。我们有时也怜悯我们自己。这是我们觉得可以接受的唯一的同情：也许你们不大理解的一种感情，你们觉得没有魄力的一种感情。然而，体验到这种感情的正是我们当中最大胆的人。不过，我们把清醒的人称作有魄力的人，我们不想要那种脱离了洞察力的力量。

再说一遍，这些形象提出的并非一些道德，也不牵涉到判断的问题：那是些画面。它们只是表明了一种生活方式。情人、演员或冒险家充作了荒诞。但是如果他们愿意的话，他们充作贞洁的人、官吏或共和国总统也一样好。知道并且毫不掩饰就够了。在意大利的博物馆中，人们有时会看到一些彩绘的小布幕，那是过去教士在死囚面前拿来遮挡绞刑架的。各种形式的跳跃，向神圣或永恒之中猛跳，沉溺于日常的或观念的幻想，所有这些屏幕都在遮挡荒诞。然而，有些官吏是没有屏幕的，我要谈的就是他们。

我选择了最极端的人。在这种程度上，荒诞赋予他们一种国王的权力。当然，这是一些无国之君。但是他们比别人优越的是，他们知道一切王国都是虚幻的。他们知道，这就是他们的全部伟大，有人在说到他们时谈论暗中的不幸和幻灭的灰烬，这是没有用的。失去了希望，这并不就是绝望。地上的火焰抵得上天上的芬芳。我们谁也不能判断他们。他们并不试图变得更好，他们想成为征服者。如果智者一词可以用于那种靠己之所有，而不把希望寄托在己之所无来生活的人的话，那么这些人就是智者。他们其中有一个人知道得最为清楚，征服者是由于精神，唐璜是由于认识，演员是由于智力："当一个人使他所珍爱的绵羊般的脉脉温柔臻于完善的时候，在地上和天上都不会获得特权；他在最好的情况下仍然是一只长着犄角的可笑的小绵羊，仅此而已——他还得不因虚荣而死，不以他那法官的态度引起愤慨。"

无论如何，应该为荒诞的推理恢复更为热情的面貌。想象力还可以增加许多被时间和流亡束缚着的人，他们也善于根据一个没有前途没有弱点的宇宙的尺度来生活。于是，这个荒诞，没有神的世界就住满了思想清晰并且不再怀有希望的人。不过，我还没有说到最荒诞的人，即创造者。

荒诞的创造

哲学和小说

所有这些在荒诞的稀薄空气中维持着的生活，如果不受到某种深刻而确实的思想的力量的激励，是不可能坚持下去的。那只能是一种奇特的忠实的感情。人们见到过一些有意识的人在最愚蠢的战争中完成他们的任务而并不以为有什么矛盾。那是因为什么也不能回避。因此，在坚持世界的荒诞之中是有一种形而上的幸福的。征服或游戏，无数的爱情，荒诞的反抗，这些都是人在一次他事先已经失败的战役中对他的尊严所表示的敬意。

问题仅仅在于恪守战斗的规矩。这种思想足以培养一种精神：它支持了并且还在支持着完整的文明。人们并不否认战争。因之而死，或因之而生，两者必居其一。荒诞也是如此：要与它共呼吸，承认它的教诲并寻出其血肉。在这方面，最典型的荒诞的快乐，就是创造。尼采说:"艺术,唯有艺术,我们有了艺术才不因真理而死亡。"

在我试图描述并以不同的方式让人感觉到的经验中,一种苦恼在另一种苦恼消失的地方冒出来,这是可以肯定的。对遗忘的幼稚追求,对满足的呼唤,现在都没有反应。然而,使人正视世界的那种恒定的张力,驱使他欢迎一切的那种井然有序的疯狂,又给他留下了另一种狂热。在这个宇宙中,作品就成了维持他的意识并确定他的冒险的唯一机会了。创造,就是生活两次。普鲁斯特摸索的、焦急的探求,他对鲜花、地毯和焦虑的细心收集,并不意味着别的什么。同时,这种创造也不比演员、征服者和一切荒诞的人一生中每日都孜孜以求的那种持续的、不可估量的创造有更多的意义。他们都试图模仿、重复、重新创造他们的现实。我们最后总会看见我们的真理的面目。对于一个脱离了永恒的人来说,全部的存在只不过是荒诞掩盖下的一种过分的模仿而已。创造就是最大的善于模仿者。

这些人首先是知道,其次,他们的一切努力在于跑遍、扩大、丰富他们刚刚登上的没有前途的小岛。然而,首先是应该知道。因为荒诞的发现是和未来的激情产生并合法化的那个时间停顿同时发生的。即便是没有福音的人也有他们的橄榄;① 而且在他们的橄榄山上,也是不应该睡觉的。对荒诞的人来说,问题不再是解释和解决了,而是体验和描述。一切都从有洞察力的冷漠开始。

描述,这是一种荒诞的思想的最后野心。科学到了它的悖论的终点也停止了建议,停下来静观和描绘现象的永远是新鲜的景物。心灵就这样知道了那种使我们在世界的面貌前激动的感情不是来自世界的深刻性而是来自其面貌的多样性。解释是没有用的,但感觉留下了,与之同在的还有一个在数量上取之不尽的宇宙的不断呼唤。人们从这里知道了艺术品的地位。

它标志着一种经验的死亡,同时也标志着这种经验的增加。它好像是对一些已经由世界组织好的主题的单调而热情的重复:形体,这宇宙的三角楣上的不可穷尽的形象,形式或色彩,和谐或苦恼。因此,在创造者的壮丽而幼稚的宇宙中重见本文的重要主题,这并不是无关紧要的。把艺术品看作一种象征,以为

---

① 耶路撒冷东面的一座山。《圣经》说耶稣来到这里向门徒讲道,并不让他们睡觉, 免得受到迷惑。次日, 耶稣于此地被犹大出卖。

艺术品可以被看作是对荒诞的逃避,都是错误的。它本身就是一种荒诞的现象,事情只关系到它的描述。它并不能给精神的疾病以出路。相反,它正是这种在一个人的全部思想中回荡的疾病的一种征象。然而,是它第一次使精神走出自身并把它放在别人的面前,不是为了使他迷失方向,而是向他明确地指出那条人人都在其上的没有出口的道路。在荒诞的推论的时间里,创造跟随着冷漠和发现。它标明荒诞的激情从哪里冲出,推论在哪里停止。它在本文中的地位就这样得到了解释。

只要摆出创造者和思想家共有的几个主题,就足以使我们在艺术品中重新发现进入荒诞的思想所具有的全部矛盾。实际上,他们共有的矛盾超过使他们智力相互亲近的一致的结论。思想和创造也是如此。我几乎不需要指出,是同一种苦恼驱使人采取这些态度。它们从那出发时是一致的。然而,在所有从荒诞出发的思想中,我看到很少有坚持住的。我是从它们的距离和不忠之中最准确地衡量了只属于荒诞的东西。同时,我也应自问:一件荒诞的作品是可能的吗?

人们不应该过分地强调艺术和哲学之间古老对立的专断性。如果从一种过于确切的意义上理解，这种对立肯定是虚假的。如果只是说这两个门类各有其独特的环境，那无疑是真实的，不过说起来也是很模糊的。唯一可以接受的理由在于产生在封闭在自己的体系之中的哲学家和站在自己的作品前面的艺术家之间的矛盾。不过，这适合于我们在这里视为次要的某些艺术和哲学的形式。关于脱离创造者的艺术的这种观念不仅没有过时，而且也是错误的。人们注意到没有一个哲学家是创立了好几个体系的，这与艺术家大相径庭。然而，只有在任何艺术家都是以不同的面貌表达同一事物这种情况下，那才是真实的。艺术的瞬间的完美，其更新的必要性，这些东西只是因为偏见才是真实的。因为艺术品也是一种构造，而谁都知道伟大的艺术家是可以多少地单调的。艺术家和思想家一样地介入，在作品中变成自己。这种相互影响提出了最重要的美学问题。此外，对于确信精神的目的的一致性的人来说，最无谓的莫过于基于方法和对象的那些区别了。人为了理解和喜爱而提出的那些门类之间是没有界线的。它们互相渗透，同一种焦虑使之混为一体。

开始的时候必须指出这一点。为了使一件荒诞的作品成为可能，以其最清醒的形式出现的思想必须参与其事。然而，它同时也必须不显露出来，除非是作为一种起支配作用的智力。这种反常现象是可以用荒诞来解释的。艺术品产生于智力放弃谈论具体事物。它标志着物质方面的胜利。是清醒的思想激发了它，但是它又在这一行动中忘掉了自己。它不会屈服于这种诱惑，即在描述中另外加上一种它知道是不合情理的更为深刻的意义。艺术品体现了一种智力的悲剧，但是它只是间接地提出证据。荒诞的作品要求的是意识到这些局限的艺术家和具体的事物只意味着自身的艺术。它不能成为一种生活的目的、意义和慰藉。创造或不创造，这并改变不了什么。荒诞的创造者并不珍惜他的作品。他可以放弃，他有时候也放弃了。有一个阿比西尼亚就够了。①

人们在这里可以同时看到一个美学的规则。真正的艺术品总是与人相称的。它本质上是那种说得"少"的作品。在一个艺术家的全部经验和反映这些

---

① 阿比西尼亚即今之埃塞俄比亚，这里暗指死亡，取典于诗人兰波之死。实际上兰波并非死于埃塞俄比亚，而是死于法国。

经验的作品之间，在《威廉·迈斯特》和歌德的成熟之间，是有着某种联系的。当作品企图把全部经验都放进一种解释文学的花边纸上时，这种联系是不好的。当作品只是经验中的经过打磨的一小块，是内在的光芒凝聚而又无所限制的钻石的一个小面时，这种联系是好的。在第一种情况下，有着过重的负荷和对永恒的追求。在第二种情况下，作品因具有一种人们猜得出其丰富性的经验的言外之意而变得富有成果。荒诞的艺术家的问题在于获得这种胜过本领的处世之道。一句话，在这种环境中的伟大的艺术家首先是一个伟大的享受人生的人，知道在这里活着既是体验又是思考。因此，作品体现着一种智力的悲剧。荒诞的作品说明了思想放弃了它的威望，甘心只成为智力，这种智力使用表象，并在一切没有理性的东西上面布满形象。如果世界是清晰的，艺术却不是清晰的。

我这里说的不是形式和色彩的艺术，在那些艺术中占支配地位的只是辉煌而有节制的描绘。表达开始于思想结束之处。那些两眼空空的年轻人[①] 挤满了寺

---

① 指雕像。

庙和博物馆,他们的哲学被人们变成了姿态。①对于一个荒诞的人来说,这种哲学是比所有的图书馆都更有教益的。从另一个方面看,音乐也是如此。如果说一种艺术被剥夺了教诲,那肯定就是这种艺术了。它太像数学了,一是一,二是二,不能不从它那里吸取其无理性。精神根据约定的、适度的规则和自己进行的这种游戏是在我们这个有声空间展开的,在这个空间之外,振动汇合了,变成一个非人的宇宙。没有比这更纯粹的感觉了。这些例子太容易了。荒诞的人承认这些和谐和这些形式是自己的。

但是,我这里想谈一种作品,其中解释的诱惑一直是最大的,幻想自告奋勇,结论几乎是不可缺少的。我指的是小说的创造。我自问荒诞能否在其中坚持住。

思想,首先就是想要创造一个世界(或是为他自己的世界划定界限,这是一码事)。也是从一种把人

---

① 人们好奇地看到,最理智的绘画是那种试图把现实归结为基本元素的绘画,它到最后就只是使眼睛感到愉快。对于世界,它只留下了色彩。——作者原注

和他的经验分开的根本的不协调出发，以便根据他的怀念找到一个共同点，一个被理性框住的或被类似理性说明的宇宙，这宇宙可以消除不堪忍受的分裂。哲学家，即便是康德，也是个创造者。他有他的人物、他的象征和他的隐秘的行动。他有他的结局。相反，小说走到了诗和随笔的前面，不管表面上如何，这只是说明了艺术的更广泛的理智化。我们得理解，这指的尤其是最伟大的作家。一种体裁的丰富和崇高常常可以从它所含有的渣滓度量出来。坏小说的数量不应使人忘记最好的小说的崇高。这种最好的小说恰恰是具有它们自己的宇宙。小说有它的逻辑、它的推理、它的直觉和它的公设。它也有它对于清晰的要求。①

在这种特殊的情况下，我上面谈到的传统的对立就更不那么合乎情理了。在容易把哲学和它的作者分开的那个时代，这种对立是起作用的。今天，思想不

---

① 请思考一下：这使最坏的小说得到了解释。几乎人人都自认能够思想，实际上，人人都在某种程度上或好或坏地思想着。相反，很少有人自以为是诗人或耍笔杆的。但是，从思想胜过风格那个时候起，大群的人就侵占了小说。

这并不是像人们说的那么大的一个灾难。最好的小说家对自己的要求更为严格，至于那些屈服了的人，他们是不值得继续存在下去的。——作者原注

再追求永恒了,它的最好的历史将是它的悔恨的历史,这时候我们知道体系若是适用,就与它的作者不可分开。从一个方面来看,《伦理学》① 不过是长而严峻的自白罢了。抽象的思想终于和它的物质基础连在一起了。同样,肉体和激情的小说化也多少是更加根据一种世界观的要求来安排的。人们不再讲"故事"了,人们创造自己的宇宙。伟大的小说家是一些伟大的哲学家。巴尔扎克、萨德、麦尔维尔、斯丹达尔、陀思妥耶夫斯基、普鲁斯特、马尔罗、卡夫卡就是如此,姑且只举这些吧。

他们选择了用形象而不是用推理来写作,这种选择恰恰揭示了他们的某个共同的思想,即确信一切解释原则的无用,坚信感性的表象所具有的教育信息。他们既把作品看作是一个结局,又把它看作是一个开端。作品是一种常在不言中的哲学的结果,是它的说明和它的完成。然而,只有这种哲学的言外之意才能使它完整,它终于使一个古老的主题的这种说法合乎情理了,即少许的思想使人远离生活,许多的思想使人靠近生活。思想不能使真实升华,就止于模仿。这

---

① 斯宾诺莎的代表作。

里说的小说是这种既相对又不可穷尽、与爱情的思想又如此相似的一种认识工具：对于爱情，小说的创造是有着最初的惊叹并进行着富有成果的反刍的。

这至少是我在开始的时候承认的它所具有的魅力。但是我也承认屈辱的思想的那些王子们也具有这样的魅力，而我是能够凝视他们的自杀的。我感兴趣的正是了解和描写那种使他们回到幻想的共同道路上去的力量。这里我还将使用同样的方法。因为我已用过这种方法，所以我可以缩短我的推理，并且不必在一个确切的例子里耽搁就概括出来。我想知道人们在接受了义无反顾的生活之后是否也能同意义无反顾地劳动和创造以及通向这些自由的道路是什么。我想把我的宇宙从它的幽灵中解放出来，使之仅仅充满着我不能否认其存在的有血有肉的真理。我可以产生出荒诞的作品，选择创造的态度，而不选择另一种态度。然而，一种荒诞的态度要保持荒诞就必须对其无理性始终具有意识。作品就是这样。如果荒诞的要求没有得到尊重，如果作品没有阐明分裂和反抗，如果它迎合幻想并激起希望，那么它就不是无理性的了。我再也不能离开它。我的生活可以从中找到一种意义：这是可笑的。它不再是结束了人生的壮丽和无用的一种解脱和激情的演练了。

在解释的诱惑最为强烈的那种创造中,人们能够克服这种诱惑吗?在对真实的意识最为强烈的那个虚假的世界里,我能够忠于荒诞而不迎合做结论的欲望吗?在最后的努力中面临着同样多的问题。人们已经知道这些问题意味着什么。这是一种害怕为了最后的幻想而抛弃最初的、困难的教训的意识的最后顾虑。对于作为意识到荒诞的人可能采取的态度之一的创造有价值的东西,对于提供给他的任何生活方式也同样具有价值。征服者或演员,创造者或唐璜,可以忘记他们的生命的演练,不能不意识到自己的无理性。人们习惯得如此之快。人们为活得幸福而想赚钱,于是全部的努力和生命中最好的东西都集中在赚钱上面。幸福被遗忘了,手段被当成了目的。同样,这位征服者的全部努力偏向了野心,而野心不过是通向一种更高尚的生活的道路。唐璜也将顺从他的命运,满足于这种存在,其高尚只是因反抗才有价值。对前者来说,这是意识;对后者来说,这是反抗;在这两种情况下,荒诞都消失了。在人心中有那么多执著的希望。一无所有的人有时也会赞同幻想。这种受和平需要支配的赞同是存在的赞同的内在的兄弟。这样就有了光明的神祇和泥土的偶像。然而,这是通向需要找到的那种人的面目的一条平常道路。

到目前为止,对于荒诞的要求是什么,还是它的失败告诉给我们的最多。同样,我们要想警觉起来,看到小说的创造可以跟某些哲学提供同样的含混也就够了。因此,我为说明问题可以选择一部作品,其中汇集了一切标志着荒诞的意识的东西,而其开端又是明确的,环境又是清醒的。它的后果会给我们教益。如果荒诞没有受到尊重,我们也会知道幻想是通过什么渠道溜进来的。一个明确的例子。一个主题,一种创造者的忠实就够了。问题在于同样的分析,而这种分析已经更为细致地做过了。

我将研究陀思妥耶夫斯基喜欢的一个主题。我也可以同样好地研究其他作品。①但在其作品中,问题是在崇高和激动的方面得到直接的论述的,如同对所谈的存在的思想一样。这种平行对我的目标有帮助。

---

① 例如马尔罗的作品。但是那就必须同时触及社会问题,实际上,社会问题也不能用荒诞的思想来回避(况且,它也可以提出好几个不同的解决办法)。不过,还是应该有个范围。——作者原注

基里洛夫

陀思妥耶夫斯基的所有的主人公都对生命的意义发出了疑问。正是在这一点上他们是现代的：他们不惧怕可笑。区别现代感应性和古典感应性的，正是后者充满着道德问题，而前者允满着形而上的问题。在陀思妥耶夫斯基的小说中，问题是以一种如此激烈的方式提出的，以至于它需要一种极端的解决。存在要么是骗人的，要么是永恒的。假如陀思妥耶夫斯基满足于这种考虑，他就是一个哲学家。但是，他阐明了在人的生活中精神的这种活动所能产生的后果，因此他成了艺术家。在这些后果中，他注意的是最终的后果，即他在《作家日记》中所说的逻辑的自杀。果然，在1876年12月出版的那一册中，① 他设想出"逻辑的自杀的推理"。

----

① 《作家日记》陆续发表于1873—1881年。

绝望者确信对一个不相信永生的人来说，人的存在是一种完全的荒诞，于是就做出下列结论：

> 既然对于我的关于幸福的问题，通过我的意识，我被回答说：除非在与宇宙万物的和谐之中，否则我是不能幸福的，我设想不出，也永远不能设想出，这是显然的……
>
> ……最后，既然在这种情况下，我同时充当着起诉人和担保人的角色，充当着被告和法官的角色，既然我觉得自然所演出的这出喜剧是完全愚蠢的，甚至我认为我接受演出是受了侮辱……
>
> 我以无可争议的起诉人、担保人、法官和被告的身份，谴责这个自然，它以一种厚颜无耻的随便让我生出来受苦——我判处它和我一同归于虚无。[①]

在这一立场中还有些幽默。这个自杀者自己结果了自己，是因为在形而上的方面他受到了侮辱。在某种意义上说，他是在复仇。这是他的表明别人"治不

---

① 见《作家日记》，1876 年 10 月，第 359 页。——原编者注

了他"的方式。人们知道这一主题以最令人赞叹的广阔性体现在基里洛夫身上,他是《群魔》中的一个人物,也主张逻辑的自杀。工程师基里洛夫在某处宣布他愿意离开生活是因为"这是他的观念"。①人们很清楚,应该按字面意义来理解。他是为了一种观念,一种思想而准备去死的。这是高级的自杀。渐渐地,随着场面的更替,基里洛夫的面目越来越清晰,激励着他的那个致命的思想也展现在我们面前。工程师实际上是袭用了《日记》的推理。他感觉到上帝是必要的,它的确应该存在。但是他也知道它不存在,也不能存在。他喊道:"你怎么不明白,这正是自杀的充分理由呀?"②这种态度同样也在他身上带来几个荒诞的后果,他无动于衷地同意让别人把他的自杀用于一项他鄙视的事业上。"我今夜决定此事对我无所谓。"他终于在一种混杂着反抗和自由的感情中准备他的行动了。"我自杀是为了证实我的违抗,我的新的、可怕的自由。"③问题不再是复仇了,而是反抗了。因此,

---

① 《群魔》法译本第2部,第332页。——原编者注
② 同上书,第336页。——原编者注
③ 同上书,第339页。——原编者注

基里洛夫是一个荒诞的人物——当然从根本上说他不应自杀。然而，他自己解释了这个矛盾，并同时揭示出最纯粹的荒诞的秘密。他实际上给他的致命的逻辑增加了一种不寻常的野心，这野心给了人物全部远景：他想自杀以便成为上帝。

推理具有古典的清晰。如果上帝不存在，基里洛夫就是上帝。如果上帝不存在，基里洛夫就应自杀，因此，基里洛夫自杀是为了成为上帝。这逻辑是荒诞的，但是需要的就是这个。不过，有趣的是赋予这个回到地上的神明一种意义。这就等于阐明这一前提："如果上帝不存在，我就是上帝。"这前提仍旧是相当模糊的。重要的是注意到，表明这一无理性的意图的人是属于这个世界的。他每天早晨都做体操以保持健康。他因沙托夫①重见妻子的喜悦而感动。在一张人们在他死后发现的纸上，他想画一个向"他们"伸出舌头的鬼脸。②他是幼稚的而易怒的，热情的，有条理的，敏感的。他只有超人的逻辑和固定观念，却有普通人的一切。然而正是他平静地谈论着他的神圣

---

① 《群魔》中的人物。
② 《群魔》法译本第2部，第340页。——原编者注

性。他不是疯子,或者陀思妥耶夫斯基是疯子。所以,使他激动的并非一种自大狂的幻觉。而这一次,按本意来理解就将是可笑的了。

基里洛夫本人帮助我们更好地理解。对于斯塔夫罗金的一个问题,他明确了他说的不是神—人。①人们可以认为那是出于一种与基督区别开来的考虑。但实际上却是想合并后者。基里洛夫的确想象过死去的耶稣不曾回到天堂。他于是知道了他所受的折磨都是没有用的。工程师说:"自然的法则使基督在谎言中生活,并为了一个谎言而死去。"②仅仅在这种意义上,耶稣体现了人类的全部悲剧。他是完人,是那个实现了最荒诞的条件的人。他不是神—人,而是人—神。我们每一个人都可能像他一样被钉上十字架,被欺骗——在某种程度上成为人—神。

这里所说的神性完全是人间的。基里洛夫说:"我用了三年的时间寻找我的神性的标志,这标志就是独立。"③人们从此看出基里洛夫的前提的意义:"如果上

---

① 《群魔》法译本第1部,第259页。——原编者注
② 《群魔》法译本,第2部,第388页。——原编者注
③ 同上书,第339页。——原编者注

帝不存在，我就是上帝。"成为上帝，只不过是在这个地球上自由，不为一种永生的东西服务。当然，这首先是从这种痛苦的独立中得出一切结论。如果上帝存在，一切就都取决于他，而我们就丝毫也不能违抗他的意志。如果他不存在，一切就都取决于我们。①对基里洛夫和对尼采来说都一样，杀死上帝，就是自己成为上帝——这是在这个地球上实现福音书所说的永恒的生活。②

但是，如果这种形而上的罪孽足以使人完善，那为什么还要加上自杀呢？为什么要自杀，为什么在获得自由之后还要离开这个世界？这是矛盾的。基里洛夫知道得很清楚，他补充说："倘若你感觉到这一点，你就是沙皇，那你绝不会自杀，而要享受荣华富贵。"③但是人们不知道，他们感觉不到"这一点"。正如在普罗米修斯的时代，他们满怀着盲目的希望。④他们需要有人指路，他们离不开说教。因此，

---

① 《群魔》法译本第 2 部，第 334 页。——原编者注
② "斯塔夫罗金：'您相信另一个世界的永恒的生活吗？'基里洛夫：'不，但我相信这个世界的永恒的生活。'" ——作者原注
③ 《群魔》法译本第 2 部，第 338 页。——原编者注
④ "人只是为了不自杀才发明了一个上帝，这就是迄今为止的全部世界历史。" ——作者原注

基里洛夫出于对人类的爱必须自杀。他应该为他的兄弟们指出一条正大而困难的道路，而他是第一个走上这条道路的。这是一种有教育意义的自杀。因此，基里洛夫是自我牺牲。但是，如果他被钉上十字架，他却并未受骗。他仍是一个人—神，他确信一种没有前途的死亡，心中充满了福音的忧郁。他说："我是不幸的，因为我被迫证实我的自由。"①但是他死了，而人们终于明白了，这个世界将住满沙皇，并被人类的荣光照亮。基里洛夫的手枪声将是最后革命的信号。这样，不是绝望驱使他去死，而是邻人对他的爱。在把一种无法形容的精神冒险结束在血泊中之前，基里洛夫有一句和人的痛苦一样古老的话："一切皆善。"

因此，在陀思妥耶夫斯基的作品中，自杀的主题是一个荒诞的主题。在进一步深入之前，让我们仅仅指出，基里洛夫也活跃在其他人物身上，他们又提出了新的荒诞的主题。斯塔夫罗金和伊凡·卡拉玛佐夫在实际生活中运用荒诞的真理。基里洛夫的死解放的正是他们。他们试图成为沙皇。斯塔夫罗金过着一种"反讽的"生活，人们对此是相当清楚的。他在周围

---

① 《群魔》法译本第 2 部，第 339 页。——原编者注

引起仇恨。然而，这个人物的最重要的话却存在于他的告别信中："我什么也恨不起来。"他在冷漠中成了沙皇。伊凡因拒绝放弃精神的王权而成了沙皇。他兄弟那样的一些人用他们的生活证明要信仰就必须卑躬屈膝，他可以回答他们说这条件是可鄙的。他们最重要的话是："一切都是可以允许的"，带着一种得体的忧伤色彩。当然，他像尼采这位最著名的上帝的谋杀者一样，最后也以疯狂告终。然而，这是一种值得一冒的风险，而在这些悲惨的结局面前，荒诞精神的基本运动是询问："这证明了什么？"

小说就是如此像《日记》一样提出荒诞的问题的。小说建立了死亡的逻辑，表现了激奋，"可怕的"自由，以及沙皇们变得具有人性的光荣。一切皆善，一切都是可以允许的，什么都不是可恨的：这些都是荒诞的判断。这是多么神奇的创造啊，那些火与冰的人物看起来和我们多么亲近啊！在他们心中轰鸣的那个醉心于冷漠的世界一点也不使我们感到可怕。我们在那里发现了我们日常的焦虑。大概没有人能像陀思妥耶夫斯基那样善于把如此接近我们、如此折磨我们的魅力赋予荒诞的世界。

然而,他的结论是什么呢?两段话将显示那种引导作家进行别的披露的完全的形而上的颠倒。逻辑的自杀者的推论引起了批评家的一些异议,陀思妥耶夫斯基在后来出版的《日记》中发展了他的立场,做出这样的结论:"如果相信永生对人来说是这样必要(没有它,他就会自杀),那它就成了人类的正常状态。既然如此,人类灵魂的永生就肯定是存在的。"① 另一方面,在他的最后一部小说的最后几页中,在那场和上帝进行的巨大搏斗之后,孩子们问阿辽沙②:"卡拉玛佐夫,宗教说我们死后会复活,我们还能互相见面,这是真的吗?"阿辽沙回答说:"当然,我们会见面的。我们将愉快地相互讲述过去的一切。"

这样,基里洛夫、斯塔夫罗金和伊凡就被打败了。《卡拉玛佐夫兄弟》回答了《群魔》。这的确关系到一个结论。阿辽沙的情况不像梅思金公爵③的情况那么含糊。后者是个病人,生活在一种持续的、带着

---

① 《作家日记》,1876 年 12 月,第 367 页。括号中文字系加缪所加。——原编者注
② 卡拉玛佐夫兄弟之一。
③ 陀思妥耶夫斯基的小说《白痴》中的主人公。

微笑和冷漠的现实中，这种非常幸福的状态可以是公爵所说的永恒的生活。相反，阿辽沙说得好："我们会重逢的。"不存在自杀和疯狂的问题了。对于确信永生和他的快乐的人来说，那有什么用呢？人用他的神圣性换取幸福。"我们将愉快地相互讲述过去的一切。"这样，基里洛夫的手枪在俄国的某地打响，但是世界继续转动着它的盲目的希望。人们没有明白"这一点"。

因此，和我们说话的不是一个荒诞的小说家，而是一个存在的小说家。这里，跳跃仍然是动人的，使启发了它的那种艺术崇高起来。这是一种感人的、充满怀疑的、不可靠的、热烈的赞同。谈及《卡拉玛佐夫兄弟》，陀思妥耶夫斯基写道："贯穿这本书各部分的主要问题就是我毕生有意或无意识地感到痛苦的问题，即上帝的存在问题。"很难相信一部小说足以把一生的痛苦转化为快乐的确实性。一位评论者[①]正确地注意到：陀思妥耶夫斯基和伊凡有联系——《卡拉玛佐夫兄弟》的确定的章节使他花费了三个月的努力，而他所说的"渎神的话"却是在昂奋之中用了三

---

① 鲍里斯·德·施莱泽。——作者原注

个星期就写完了。他的人物没有一个不在肉中带着这根刺的，不刺激它或者不在感觉或不道德中寻求解救之方的。①无论如何，让我们停留在这种怀疑之上吧。这是一部这样的作品，在那里面，在一种比日光还要强烈的明暗对比中，我们能够抓住人反对他的希望的斗争。创造者到了终点，选择了反对他的人物。这种矛盾使我们得以引入一种细微的差别。这里说的不是一部荒诞的作品，而是一部提出荒诞的问题的作品。

根据斯塔夫罗金，陀思妥耶夫斯基的回答是卑躬屈膝，是"羞耻"。相反，一部荒诞的作品是不提供回答的，全部区别就在这里。最后让我们记住：在这种作品中反驳荒诞的不是它的基督教的特性，而是它对未来生活的预告。人们可以同时是基督徒和荒诞的人。是基督徒而不相信来世，有这样的例子。说到艺术品，就有可能明确荒诞的分析的一种方向，人们可以在上文中预感到。这种方向导致提出"福音书的荒诞性"。它阐明了这种反复出现的观念，即信念并不

---

① 纪德对此有新奇而深刻的看法：陀思妥耶夫斯基的几乎所有人物都是多配偶的人。——作者原注

妨害怀疑。相反，人们清楚地看到，《群魔》的作者虽是驾轻就熟，最后却走上了一条完全不同的道路。创造者对他的人物的惊人的回答，陀思妥耶夫斯基对基里洛夫的回答，实际上可以概括如下：存在是虚幻的，也是永恒的。

没有前途的创造

因此我觉察到希望是不能永远被回避的,就是对那些想要摆脱它的人,它也能够纠缠不休。这是我觉得迄今为止谈到的作品所具有的意义。我至少可以在创造的方面举出几部真正荒诞的作品。①然而,万事总有个开头,这个研究的目的在于某种忠诚。教会对异端分子是那样严厉,仅仅是因为它认为再没有比迷途的孩子更危险的敌人了。但是,对于创立正统派的教条来说,大胆的诺斯替教派② 的历史和摩尼教③潮流的持续比任何祈祷都起了更大的作用。比较起来,荒诞也是如此。人们发现偏离的道路就认出了荒

---

① 例如麦尔维尔的《白鲸》。——作者原注
② 公元1至3世纪流行于地中海东部沿岸各地的一种神秘主义教派。
③ 波斯人摩尼在公元3世纪创立的宗教。

诞的道路。就在荒诞的推理的终点，在它的逻辑支配的一种态度中，仍可看到希望以一种最动人的面目出现，而这并不是无关紧要的。这表明了荒诞的苦行的艰难。这尤其表明了一种不断地坚持的意识的必要，并和本文的一般范围相连。

如果这还谈不上清点荒诞的作品的话，人们至少可以就创造的态度，即一种能够补足荒诞的存在的态度，做出结论。一种否定的思想才能如此完好地为艺术服务。它的隐晦的、谦卑的方法对于理解一部伟大的作品就和黑对于白一样地必要。"无所为"地劳动和创造，用泥土塑造，知道他的创造没有前途，看到他的作品毁于一旦同时也意识到，从根本上来说，传之久远也并不更为重要，这就是荒诞的思想所给予的难以得到的智慧。同时执行两个任务，一方面是否定，另一方面是激励，这就是展现在荒诞的创造者面前的道路。他应该赋予虚无以色彩。

这导致一种关于艺术品的特殊的观念。人们过于经常地把一位创造者的作品看成是一系列彼此孤立的见证。人们把艺术家和文人混为一谈。一种深刻的思想是处在不断的成长中的，它汲取生活的经验，并在其中形成。同样，一个人的独特的创造也在其作品的持续的、繁多的面貌中变得牢固。一些作品补足另一些作品,更正或校正,甚至也反驳。如果某种东西结束了创造,那不是盲目的艺术家的胜利然而虚幻的叫声:"我什么都说完了。"而是创造者的死,它结束了他的经验和他的天才的书本。

这种努力,这种超人的意识,读者不一定看得见。在人类的创造中是没有神秘的。意志产生了这种奇迹。但是至少,没有真正的创造是不含有秘密的。大概一连串的作品可能只是同一种思想的一连串的近似。然而人们可以设想另一类创造者,他们使用重叠的方法。他们的作品可以仿佛彼此间没有联系。在某种程度上,它们是相互矛盾的。然而,把它们重新放回整体中,它们仍然会各就其位。它们也是从死亡中获得它们最终的意义。它们接受了作者的生活所具有的光明的最亮部分。这时,他的一系列作品不过是一连串的失败。但是,如果这些失败都保持着同一种共鸣,创造者就能重复他自己的环境的形象,并使他所持有的没有结果的秘密发出回响。

在这里,支配的努力是可观的。但是,人类的智力还足以做得更多。它只是显示了创造的意志的一面。我曾在别的地方指出,人类的意志除了维持意识别无其他目的。不过，这样做没有纪律是不行的。在对忍耐和清醒的各种培养中，创造的培养是最有效的。它也是人类唯一尊严的令人震惊的见证：顽强地反抗他的环境，坚持一种被视为没有结果的努力。它要求每日的努力、自制、对真实的界限的准确估量、节制和力量。它造成了一种苦行。这一切都"无所为"，都是为了重复和停滞不前。也许伟大的作品本身并不那么重要，更重要的是它对人提出的考验和它给人提供了机会来克服他的幻想并稍稍更接近他的赤裸裸的真实。

请不要在美学上搞错了。我这里指的不是耐心的调查，对一个论点的不断的、无结果的阐明。正好相反，如果我表达得清楚的话。主题小说是旨在证明的作品，是最可憎的作品，它最经常地从一种得到满足的思想中获得灵感。人们显示自以为持有的真理。然而，人们使之运行的是观念，而观念是思想的反面。那些创造者是些羞答答的哲学家。我说的或我想象的那些创造者却是一些清醒的思想家。在思想返回自身的某一点上，他们就把他们的作品的形象树立起来，作为一种有限的、必死的、反抗的思想的明显的象征。

　　这些作品也许证明了某种东西。但是这些证据，与其说是小说家提供给别人的，不如说是给予自己的。本质是他们的胜利存在于具体之中，而这正是他们的伟大之处。这种有血有肉的胜利是一种思想为他们准备的，在这种思想中，抽象的能力受到了屈辱。当它们完全受到了屈辱，具体就同时使创造放出荒诞之光，是反讽的哲学创作出热情的作品。

　　任何放弃了统一的思想都激励着多样性，而多样性是艺术的胜地。解放精神的唯一的思想是那个使它独处并确信其界限和临近的结局的思想。没有什么教条吸引它。它等待着作品和生活的成熟。作品离开了它，将又一次让人听见一个灵魂的几乎不曾减轻的声音，这灵魂永远地摆脱了希望，或者作品什么也不让人听见，如果创造者对他的活动感到厌倦而想改变道路的话。两者是一样的。

　　因此，我要求于荒诞的创造，正如我要求于思想、反抗、自由和多样性的一样。然后荒诞的创造就展示出它的深刻的无用性了。在这种智力和激情相互混合、相互激励的日常努力之中，荒诞的人发现了一种造成他的力量的本质的纪律。必需的专心、固执和洞察力就这样与征服的态度会合了。这样，创造也就是赋予他的命运一种形式。对于这些人物来说，他们的作品确定了他们，至少等于他们确定了作品。演员已经告诉我们了：在外表和本质之间没有界线。

让我们再说一遍。这一切都不具有真实的意义。在这条自由的路上，还要前进一步。对于这些彼此亲近的精神、创造者或征服者来说，最后的努力是知道如何也从其事业中解放出来：做到接受作品本身，无论是征服、是爱情或是创造，也可以不存在；这样来完成全部个人生活的深刻的无用性。这甚至可以使他们更容易完成他们的作品。正如看到了生活的荒诞允许他们带着一切过分的行为投入生活一样。

剩下的就是命运了，它的唯一的出路是必然带来不幸的。除了死亡这唯一的命定之物外，一切，快乐或幸福，都是自由。世界仍然存在，人是唯一的主人。联系着他的，是对另一个世界的幻想。他的思想的命运不再是自我牺牲，而是重新活跃起来变成形象。它表演,当然是在神话之中,不过这些神话的深刻只是人类痛苦的深刻,而且像思想一样不可穷尽。不是使人高兴、使人盲目的神的寓言,而是人间的面目、动作和悲剧,其中凝聚着一种艰难的智慧和没有结果的激情。

西绪福斯神话

神判处西绪福斯把一块巨石不断地推上山顶,石头因自身的重量又从山顶上滚落下来。他们有某种理由认为最可怕的惩罚莫过于既无用又无望的劳动。

如果相信荷马,西绪福斯是最聪明、最谨慎的凡人。然而根据另一种传说,他倾向于强盗的营生。我看不出这当中有什么矛盾。关于使他成为地狱的无用的劳动的原因,看法有分歧。有人首先指责他对神犯了些小过失。他泄露了他们的秘密。埃索波斯[①]的女儿埃癸娜被宙斯劫走。父亲对女儿的失踪感到奇怪,就向西绪福斯诉苦。西绪福斯知道此事,答应告诉他,条件是他向科林斯城堡供水。西绪福斯喜欢水的祝福更胜过上天的霹雳。他于是被罚入地狱。荷马还

---

① 希腊神话中的河神。

告诉我们西绪福斯捆住了死神。普路同① 忍受不了他的王国呈现出一片荒凉寂静的景象。他催促战神把死神从他的胜利者手中解脱出来。

有人还说垂死的西绪福斯不谨慎地想要考验妻子的爱情。他命令她把他的遗体不加埋葬地扔到公共广场的中央。西绪福斯进了地狱。在那里,他对这种如此违背人类之爱的服从感到恼怒,就从普路同那里获准返回地面去惩罚他的妻子。然而,当他又看见了这个世界的面貌,尝到了水和阳光、灼热的石头和大海,就不愿再回到地狱的黑暗中了。召唤、愤怒和警告都无济于事。他又在海湾的曲线、明亮的大海和大地的微笑面前活了许多年。神必须做出决定。墨丘利② 用强力把他带回地狱,那里为他准备好了一块巨石。

人们已经明白,西绪福斯是荒诞的英雄。这既是由于他的激情,也是由于他的痛苦。他对神的轻蔑,他对死亡的仇恨,他对生命的激情,使他受到了这种

---

① 罗马神话中的冥王。
② 罗马神话中的商业神,即希腊神话中的赫尔墨斯,众神的使者。

无法描述的酷刑：用尽全部心力而一无所成。这是为了热爱这片土地而必须付出的代价。关于地狱里的西绪福斯，人们什么也没告诉我们。神话编出来就是为了让想象力赋予它们活力。对于他的神话，人们只看见一个人全身绷紧竭力推起一块巨石，令其滚动，爬上成百的陡坡；人们看见皱紧的面孔，脸颊抵住石头，一个肩承受着满是黏土的庞然大物，一只脚垫于其下，用两臂撑住，沾满泥土的双手显示出人的稳当。经过漫长的、用没有天空的空间和没有纵深的时间来度量的努力，目的终于达到了。这时，西绪福斯看见巨石一会儿工夫滚到下面的世界中去，他又得再把它推上山顶。他朝平原走下去。

我感兴趣的是返回中、停歇中的西绪福斯。那张如此贴近石头的面孔已经成了石头了！我看见这个人下山，朝着他不知道尽头的痛苦，脚步沉重而均匀。这时刻就像是呼吸，和他的不幸一样肯定会再来，这时刻就是意识的时刻。当他离开山顶、渐渐深入神的隐蔽的住所的时候，他高于他的命运。他比他的巨石更强大。

如果说这神话是悲壮的，那是因为它的主人公是有意识的。如果每一步都有成功的希望支持着他，那他的苦难又将在哪里？今日之工人劳动，一生中每一天都干着同样的活计，这种命运是同样的荒诞。因此它只在工人有了那种很少的意识的时候才是悲壮的。西绪福斯，这神的无产者，无能为力而又在反抗，他知道他的悲惨的状况有多么深广：他下山时想的正是这种状况。造成他的痛苦的洞察力同时也完成了他的胜利。没有轻蔑克服不了的命运。

如果在某些日子里下山可以在痛苦中进行，那么它也可以在欢乐中进行。此话并非多余。我还想象西绪福斯回到巨石前，痛苦从此开始。当大地的形象过于强烈地缠住记忆，当幸福的呼唤过于急迫，忧伤就会在人的心中升起：这是巨石的胜利，这是巨石本身，巨大的忧伤沉重得不堪承受。这是我们的客西马尼之夜。① 然而不可抗拒的真理一经被承认便告完结。这样，俄狄浦斯先就不知不觉地顺从了命运。从他知道的那一刻起，他的悲剧便开始了。然而同时，盲目而绝望的他认识到他同这世界的唯一的联系是一个年轻姑娘的新鲜的手。于是响起一句过分的话："尽

---

① 《圣经》说，耶稣在橄榄山下一个叫客西马尼的地方，让门徒祷告，不要睡觉，免受迷惑，他次日于此地被犹大出卖。

管如此多灾多难,我的高龄和我的灵魂的高贵仍使我认为一切皆善。"像陀思妥耶夫斯基的基里洛夫一样,索福克勒斯的俄狄浦斯就这样提供了荒诞的胜利的方式。古代的智慧和现代的英雄主义会合了。

不试图写一本幸福教科书,是不会发现荒诞的。"啊!什么,路这么窄?……"然而只有一个世界。幸福和荒诞是同一块土地的两个儿子。他们是不可分的。说幸福一定产生于荒诞的发现,那是错误的。有时荒诞感也产生于幸福。俄狄浦斯说:"我认为一切皆善。"这句话是神圣的。它回响在人的凶恶而有限的宇宙之中。它告诉人们一切并未被、也不曾被耗尽。它从这世界上逐走一个带着不满足和对无用的痛苦的兴趣进入这世界的神。它使命运成为人的事情,而这件事情应该在人之间解决。

西绪福斯的全部沉默的喜悦就在这里。他的命运出现在面前。他的巨石是他的事情。同样,当荒诞的人静观他的痛苦时,他就使一切偶像缄口不语。在突然归于寂静的宇宙中,大地的成千上万细小的惊叹声就起来了。无意识的、隐秘的呼唤,各种面孔的邀请,都是必要的反面和胜利的代价。没有不带阴影的太阳,应该了解黑夜。荒诞的人说"是",于是他的努力便没有间断了。如果说有一种个人的命运，却绝没有高级的命运，至少只有一种命运，而他断定它是不可避免的，是可以轻蔑的。至于其他，他自知是他的岁月的主人。在人返回他的生活这一微妙的时刻，返回巨石的西绪福斯静观那一连串没有联系的行动，这些行动变成了他的命运，而这命运是他创造的，在他的记忆的目光下统一起来，很快又由他的死加章盖印。这样，确信一切人事都有人的根源，盲目却渴望看见并且知道黑夜没有尽头，他就永远在行进中。巨石还在滚动。

  我让西绪福斯留在山下！人们总是看得见他的重负。西绪福斯教人以否定神祇举起巨石的至高无上的忠诚。他也断定一切皆善。这个从此没有主人的宇宙对他不再是没有结果和虚幻的了。这块石头的每一细粒，这座黑夜笼罩的大山的每一道矿物的光芒，都对他一个人形成了一个世界。征服登上顶峰的斗争本身足以充实人的心灵。应该设想，西绪福斯是幸福的。

附录：
弗朗茨·卡夫卡作品中的希望与荒诞

卡夫卡的全部艺术在于迫使读者反复阅读。它的结局，或竟无结局，暗示出一些解释，但都没有被清晰地显露出来，它们要显得凿凿有据，就要求从一个新的角度重读一遍。有时可能会有两种解释，那就必须有两种读法。这正是作者之所求。然而，若是想把卡夫卡作品中的一切都从细节上解释清楚，那就错了。一个象征总是普遍的，无论它的译解多么准确，一位艺术家也只能再现其生动性：逐字的译解是没有的。总之，最难理解的莫过于一部象征的作品。一个象征总是超越它的使用者，并使它实际说出的东西比它有意表达的东西更多。在这方面，领会一个象征的最可靠的途径是不挑动它，阅读时不带先入之见，不去寻求它的暗流。特别是对卡夫卡，应当顺应他的写法，从外表接触情节，从形式接触小说。

初看上去,而且是对一个冷漠的读者来说,那是一些令人不安的遭遇,这些遭遇促使一些战栗的、执拗的人物奋力追随他们永远也提不出的一些问题。在《审判》中,约瑟夫·K受到控告,但他不知道为了什么。他无疑很想为自己辩护,但他不知道辩护什么。律师们认为他的案子很难办。这期间,他并未耽误恋爱、吃喝或读报。后来,他受到审判。然而法庭很暗,他也没看出什么名堂。他只是设想他被判决了,但判了什么,他自己也不太清楚。他有时也发生怀疑,但他仍继续活着。过了很久,两位衣冠楚楚、彬彬有礼的先生来找他,请他跟他们走。他们极有礼貌地把他带到一个荒凉的郊外,把他的脑袋按在石头上,扼死了他。犯人在死前只说了声:"像一条狗。"

看得出,在一篇最明显的优点恰恰是自然的故事中,是很难说到象征的。然而,自然是一个难以理解的范畴。有些作品,读者觉得其事件是自然的。但也有一些作品(的确更为少见),人物觉得他发生的事情是自然的。由于一种奇特而明显的反常,越是人物的遭遇不同寻常,故事的自然就越明显:这是和人们可以在一个人生活的奇特性和他接受这种奇特性的单纯性之间的距离成正比例的。似乎这种自然就是卡夫卡的自然。恰好，人们清楚地感觉到了《审判》的含义。有人说这是人类状况的一种形象。也许是吧。然而，事情既比这简单，又比这复杂。我是说小说的意义更独特，更涉及卡夫卡个人。在某种程度上，若说是他使我们忏悔的话，可说话的却是他。他活着，然而他已被判决。从他在这个世界上继续的小说的开头几页中，他就已经知道了，如果说他试图有所补救，他却并不感到惊奇。他对这种缺乏惊奇倒是永远也惊奇不够的。正是从这些矛盾中，人们认出了荒诞作品的最初迹象。有才智的人把他的精神悲剧投射到具体事物中去。他只能借助一种永久的反常做到这一点，这种反常赋予色彩以表达虚无的权力，赋予日常举动以表达永恒野心的力量。

同样，《城堡》也许是一种有行动的神学，但它首先是一个寻求恩宠的灵魂的个人遭遇，是这样一个人的个人遭遇，他要求这个世界的事物交出它们最大的秘密，要求女人交出睡在她们身中的上帝的标志。而《变形记》则肯定是展示了一种清醒的伦理学的骇人图景。但它也是人发觉不费力就变成了虫子对所体验的那种不可估量的惊异的产物。卡夫卡的秘密就存在于这种本质的含混之中。这些在自然和非常、个体和万有、悲剧和日常、荒诞和逻辑之间的永久的摇摆,贯穿着他的全部作品,既给了他反响,又给了他意义。为了理解荒诞的作品,应该列举的正是这些反常现象,应该加强的正是这些矛盾。

一个象征实际上意味着两个方面、两个观念和感觉的世界,以及一部关于两者之间应和的词典。最难编写的就是这部词汇。然而,意识到两个世界并存,就是走上了发现其秘密联系的道路。在卡夫卡的作品中,这两个世界一方面是日常生活,另一方面是超自然的不安。①尼采有言:"大问题就在街上。"看来人们这里正面临着对这句话的无穷无尽的开掘。

在人类的状况下,既有根本的荒诞,又有无法改变的崇高,这是一切文学的老生常谈。两者同时发生,仿佛是自然的事。让我们再说一遍,两者把我们的灵魂的放肆和我们的肉体的短暂快乐分裂开来,它们在这可笑的分裂之中互为形象。荒诞,是

---

① 要记住,人们也可以同样正当地从社会批评的意义上解释卡夫卡的作品例如《审判》。何况可能并没什么好选择的。两种解释都是好的,在荒诞这个用语中,我们看到,针对人的反抗也是针对上帝的:伟大的革命总是形而上的。——作者原注

因为正是这肉体的灵魂如此过分地超越了这肉体。对于要想象这种荒诞的人来说，应该在一种平行的对立面的作用中赋予它生命。卡夫卡就是这样用日常表达悲剧，用逻辑表达荒诞。

一个演员越是避免夸张，他塑造悲剧人物时花的气力就越多。如果他有节制，他引起的恐怖就将是没有节制的。在这方面，希腊悲剧富有教益。在一部悲剧中，命运总是在逻辑和自然的面目下被更强烈地感觉到。俄狄浦斯的命运是有预言在先的。他犯有谋杀、乱伦两罪是被超自然地决定了的。剧情的全部努力在于展示逻辑的体系，这逻辑体系将一步步趋近完成主人公的不幸。仅仅告诉我们这一罕见的命运并不大可怕，因为这不像是真的。但是，如果这命运的必然性在日常生活、社会、身份、亲昵感情的范围内向我们展示出来，那么，恐怖就达到了顶点。在这种震撼着人并使他说"这不可能"的反抗中，就已经有了"这是可能的"这种绝望的肯定。

这是希腊悲剧的全部秘密，或者至少是它的一个方面。因为还有另外一个方面，通过相反的方法，使我们更好地理解卡夫卡。人心有一种恼人的倾向，即只把压倒它的东西称作命运。不过，既然幸福也是不可避免的，那它也是没有道理的，只是它之不合理有其独特的方式。但是现代人在没有低估它的时候，却把功劳归于自己。相反，关于希腊悲剧津津乐道的命运还是大有可谈的，传说中的宠儿们，例如尤利西斯，就在最凶险的遭遇中自己解救了自己。

无论如何都应记住的是这种使逻辑、日常与悲剧相连的秘密的共谋关系。这就是为什么《变形记》的主人公萨姆沙是一位旅行推销员。这就是为什么在那奇特的遭遇使他变成一条害虫中最使他烦恼的是老板可能对他缺勤表示不满。他长出了爪子和触须，脊背拱起，白色的斑点布满肚皮——我并不认为他对此不感到惊奇，否则就没有效果了——这使他产生了"轻微的烦恼"。卡夫卡的全部艺术就在于这种细微的差别。在他的主要作品《城堡》中，是日常生活的细节占了优势，然而在这部一切都在重新开始的奇特的小说中，形象地表现出来的却是一个寻求圣宠的灵魂的本质的遭遇。像这样地把问题化为行动、使一般和特殊相重合，人们也可见之于任何伟大的创造者所特有的小手法之中。在《审判》之中，主人公也可以叫施密特，或者叫弗朗茨·卡夫卡。然而他叫约瑟夫·K。这不是卡夫卡，然而的确是他。这是一个普通的欧洲人。他像众人一样。然而他也是实体 K，提出了这道血肉方程中的 X。

同样，如果卡夫卡想表现荒诞，他借助的是一致。大家都知道那个疯子在澡盆里钓鱼的故事。一位对精神病治疗独具见解的医生问他"咬钩了吗"，只见他正色作答："没咬，笨蛋，这是在澡盆里呀。"这故事具有巴罗克风格。然而人们敏感地领会到荒诞的效果是多么与过分的逻辑关系在一起。卡夫卡的世界实际上是一个不可言说的世界，人满怀着痛苦鼓足勇气在澡盆里钓鱼，并且知道什么也钓不出来。

因此，我在这里看出一种符合原则的荒诞的作品。例如，对于《审判》，我可以断言它取得了完全的成功。肉体胜利了。不落言诠的反抗（然而正是反抗在写），清醒的、沉默的绝望（然而正是绝望在创造），小说人物一直到死都洋溢着的那种惊人的行动自由，什么都不缺乏。

不过，这世界并不像看起来那么封闭。在这个没有进步的宇宙中，卡夫卡将引入一种形式独特的希望。在这方面，《审判》和《城堡》的方向是不一致的。它们互为补充。从这一作品到那一作品，人们可以发现那难以觉察到的进展，它表明在逃避方面所取得的过分的征服。《审判》提出问题，而《城堡》在某种意义上予以解决。前者根据一种几乎是科学的方法进行描写，但不做结论。后者在某种程度上加以解释。《审判》诊断，《城堡》设想疗法。但是这里建议的药并不能治好病，只不过是让疾病再回到正常的生活之中。它帮助人们接受疾病。在某种意义上说（请想想克尔恺郭尔）它使疾病缠身不去。测量员K除了噬咬着他的那种焦虑想象不出别种焦虑。他周围的人喜欢上了那种空虚和那种无名的痛苦，仿佛痛苦有了一种令人宠爱的面貌。弗莱达对K说："我多么需要你。自从我认识了你，当你不在我身边的时候，我是多么地感到被遗弃了呀。"使我们爱上压垮我们的东西，并使希望产生于一个没有出路的世界之中的这服精妙的药，使一切都为之改观的这种突然的"跳跃"，就是存在的革命和《城堡》本身的秘密。

在手法上，很少有比《城堡》更严密的作品。K被任命为城堡的土地测量员，他到了村庄。但是从村庄到城堡无路可通。在几百页中，K顽强地寻找着道路，使尽了手段，耍花招，转弯抹角，从不生气，想要就任人家给他的职务。每一章都是一次失败。同时也是新的开始。不是出于逻辑,而是出于恒心。这种顽强性造成了作品的悲剧性。K向城堡打电话,他隐约听到的是模糊而混杂的说话声,朦胧的笑声和遥远的呼唤。这就足以使他充满希望,就像夏日天空中出现的那些征兆,或者给了我们活下去的理由的那些晚上的许诺。人们在这里发现了卡夫卡特有的忧郁的秘密。实际上,这和人们在普鲁斯特的作品或普洛丁笔下的风景中感到的那种忧郁是一样的:对失去的乐园的怀念。奥尔加说:"巴纳贝早上对我说他要去城堡,我感到十分忧郁:此行大概是无用的,这一天大概要白费了,这希望大概是徒劳的。""大概",仍是在这种细微的差别上,卡夫卡写出他的整部作品。对永恒的追寻是如此的细心,但是还毫无办法。卡夫卡的人物是些有灵感的自动木偶,他们向我们展示了我们将来被剥夺了消遣、①完全听命于神的污辱时的形象。

在《城堡》中,这种对日常生活的屈服变成了一种伦理。K的巨大希望是被城堡接纳。他一个人做不

---

① 《城堡》中,帕斯卡尔的意义上的"消遣"是通过卫士们体现的,他们使K"摆脱"忧虑。如果弗莱达终于成了一个卫士的情妇,那是因为她喜欢装饰胜过真理,喜欢每日的生活胜过共同分担的焦虑。——作者原注

到，于是他的全部努力就在于配得上那种恩惠，即失去人人都让他感觉到的外乡人身份而成为村庄的居民。他希望的是一个职业、一个家、一种正常而健康的人的生活。他忍受不了自己的疯狂了。他想变得有理智。他想摆脱使自己成为村庄的陌生人的那种奇特的诅咒。在这方面，有关弗莱达的插曲意味深长。这个女人认识城堡的一个官员。如果K让她成了他的情妇，那是因为她的过去。他从她身上得到了某种超越他的东西，同时他也意识到那种使她永远与城堡不相称的东西。人们在这里想到了克尔恺郭尔对雷吉娜·奥尔森的奇怪的爱情。在某些人那里，吞噬着他们的永恒之火大到足以把周围的人的心也在其中烧尽。把不属于上帝的东西给了上帝，这个悲惨的错误也是《城堡》的这一插曲的主题。但是对卡夫卡来说，似乎这并不是一个错误。这是一种教条，是一次"跳跃"。万物皆备于上帝。

　　测量员离开弗莱达而走向巴纳贝姐妹，这一事实含义更深。因为巴纳贝家是村中唯一完全被城堡和村庄抛弃的人家。姐姐沙玛丽拒绝过城堡一官员的可耻的建议。随之而来的不道德的诅咒使她永远失去了上帝的爱。不能为上帝丧失名誉，就是自己使自己不配上帝的恩宠。人们可看出存在哲学的一个熟悉的主题：与道德相悖的真理。这里事情将会引起后果。因为卡夫卡的主人公走过的道路，即从弗莱达到巴纳贝姐妹，正是从信任的爱情到荒诞的神化那条道路。这里卡夫卡的思想又与克尔恺郭尔的思想会合了。"巴纳贝的故事"处于书末，这一并不令人惊讶。测量员的最后的企图是通过否定上帝的东西重新发现上帝，是在他的冷漠、不义和仇恨的各种空虚而丑恶的面貌后面，而不是根据我们的善和美的范畴来认出他。这个要求城堡接纳他的陌生人，他在其旅行终了时被流放得稍稍更远了些，因为这一次是他背弃了自己，为了试图只带着他的疯狂的希望进入圣宠的荒漠，他抛弃了道德、逻辑和精神的真理。①

这里，希望一词并非可笑。相反，卡夫卡讲述的状况越是悲惨，这种希望就变得越不易改变、越撩人。《审判》越是真正地荒诞，《城堡》激起的"跳跃"就越显得动人和不合理。但是，我们在这里又看

---

① 显然，这只适用于卡夫卡留给我们的《城堡》的未完成稿。然而，作家会在最后几章中打破小说的情调的统一性，这是值得怀疑的。——作者原注

到了如同克尔恺郭尔所表述的存在思想的反常现象："人们应该拼命地打击人间的希望，只有在这时人们才能通过真正的希望而获得拯救。"而人们可以解释道："为了写《城堡》，必须先写出《审判》。"

大部分谈论卡夫卡的人实际上都把他的作品说成是一种绝望的呼喊，没有给人留下任何救援。这种说法需要修正。希望和希望不同。我觉得亨利·波尔多①先生的乐观的作品特别使人泄气。这是因为对那些稍许有些苛求的心灵来说什么也得不到允许。相反，马尔罗的思想却总是使人振奋的。在这两种情况下，希望不一样，绝望也不一样。我只看到荒诞的作品本身可以导致我希望避免的那种背叛。那种仅仅是无意义地重复一种没有结果的状况、无微不至地颂扬要灭亡的东西的作品，在这里变成了幻想的摇篮。它解释，它赋予希望一种形式。创造者再也不能脱离它。它不是它本该是的那种悲剧的作用。它给予作者的生活一种意义。

无论如何，奇怪的是，一些受有相近影响的作品，如卡夫卡、克尔恺郭尔、舍斯托夫的作品，简言

---

① 亨利·波尔多（1870—1963），法国资产阶级作家，倾向保守。

之,存在的小说家和哲学家的作品,虽然整个转向荒诞及其后果,最终却是通向希望的巨大呼喊。

他们拥抱吞噬着他们的上帝。希望是通过谦卑进来的。因为这个存在的荒诞为他们保证了稍许多一些的超自然的真实,如果这个生活的道路通向上帝,那么就有一条出路。克尔恺郭尔、舍斯托夫和卡夫卡的主人公们重复他们的路线时所怀有的韧性和顽强是这种信心的一种动人的奇特的保证。①

卡夫卡不承认他的上帝具有道德的崇高、明显性、善良和一致性,但这是为了更好地投入他的怀抱。荒诞被承认,被接受,人顺从了它,而从这时起,我们知道就不再有荒诞了。在人类状况的局限内,还有什么比允许摆脱这种状况更大的希望呢?我又一次看到,存在思想和流行的看法相反,是充满着一种过分的希望的,正是这种思想用原始基督教和宣布救世福音搅动了旧世界。然而,在这种成为一切存在思想的特点的跳跃中,在这种固执中,在这种无平面的神性的测量中,怎么能看不到一种

---

① 《城堡》中唯一没有希望的人物是阿玛丽亚,与测量员最激烈地相对的正是她。——作者原注

舍弃一切的清醒的标记呢？人们只希望这是一种骄傲。它放弃是为了自救。这种放弃将是富有成果的。然而这一点并不能改变那一点。在我看来，说清醒像一切骄傲一样没有结果，这并减少不了它的道德的价值。因为一种真理根据其定义本身也是没有结果的。所有的明显的事物都是如此。在一个什么都有却又什么都不能解释的世界中，一种价值或一种玄学的丰富性是一个没有意义的概念。

无论如何，人们在这里看到卡夫卡的作品存在于什么样的思想传统之中。事实上，把从《审判》到《城堡》的手法看作是严密的，这不聪明。约瑟夫·K和测量员K只是吸引着卡夫卡的两极。①我会和他说一样的话的，而且我会说他的作品大概不是荒诞的。然而这并不能使我们看不到他的伟大和普遍性。他的伟大和普遍性来源于他善于如此深广地用形象表现从希望到忧伤、从绝望的智慧到有意的盲目之间的日常的转变。他的作品是普遍的（一部真正荒诞的作品不是普遍的），因为其中表现了逃避

---

① 关于卡夫卡的思想的两个侧面，试比较《在苦役犯监狱中》："罪孽。（请理解为人的）从来是不可怀疑的" 和《城堡》的片断（莫缪斯的报告）："测量员K的罪名难以成立。" ——作者原注

人类的人的动人面孔,他在他的矛盾中汲取相信的理由,在他的富有成果的绝望中汲取希望的理由,并把他对死亡的可怕的学习称作生活。他的作品是普遍的,还因为是受了宗教的影响。如同在一切宗教中一样,人从他自己的生活的重压下解脱出来。然而,如果说我知道这一点,如果说我也能欣赏他,那么我也知道我并不寻求普遍的东西,我寻求真实的东西。两者可以不相重合。

如果我说真正使人绝望的思想恰恰可以用对立标准加以明确,悲剧的作品可以是那种在一切希望都被排除的情况下描写一个幸福的人的生活的作品,人们将会更好地理解这种看问题的方式。生活越是激动人心,失去它的念头就越荒谬。人们在尼采的作品中感觉到的那种绝妙的枯燥的秘密也许正在这里。在观念的这个范围内,尼采好像是从一种荒诞的美学中引出极端的后果的唯一的艺术家,因为他的最后的信息存在于一种没有结果的、征服的清醒和一种对任何超自然的慰藉的固执的否定之中。

不过,上述可能已足以揭示卡夫卡的作品在本文论及的范围内所具有的最大的重要性。这里,我们被带到了人类思想的边缘地带。从一个词所具有的全部意义来理解，人们可以说这作品中的一切都是本质的。无论如何，它整个地提出了荒诞的问题。如果人们愿意把这些结论和我们最初的看法联系起来，把内容和形式联系起来，把《城堡》的隐秘含义和它展开在其中的自然的艺术联系起来，把 K 的热情而骄傲的寻求和它在其中进行的日常背景联系起来，人们就会明白这作品究竟有多么伟大。因为，如果说怀念是人类的标记，那么可能谁也不曾赋予这些遗憾的幽灵们这样的血肉和凹凸。但是，人们也同时可以领会荒诞的作品所要求的特殊的伟大究竟是什么，而它也许并不在这里。如果艺术的特性是使一般与特殊相联系，使一滴水的短暂永恒与光线的作用相联系，那么更为正确的是根据荒诞的作家能够在这两个世界之间引入的距离来估量他的伟大。他的秘密在于善于发现它们在最大的差异中相接的桥梁。

说真的，这种人和非人共存的精确的地点，纯洁的心灵是能够随处看到的。如果说浮士德和堂吉诃德是艺术的卓越的创造，那是由于他们用人世间的双手向我们指出的不可度量的伟大。不过总有这样的时刻，精神否认这些手可以触摸的真理。也有这样的时候，创造不再被当成悲剧，而只是被认真对待。这时人只关心希望。然而那并不是他的事情。他的事情是脱离诈术。况且,我在卡夫卡向整个宇宙提起激烈的控诉之后看见的正是他。最后,卡夫卡的令人难以置信的判词宣布这个连鼹鼠都参与了希望的丑恶、令人震惊的世界无罪。①

---

① 以上所述显然是对卡夫卡的作品的一种解释。但是应该补充说,这丝毫也不妨碍抛开一切解释,从纯粹美学的角度对作品进行评价。例如,B. 格勒图森在他为《城堡》所写的杰出的序言中,就局限于紧紧跟随他以一种惊人的方式称为"醒着的睡眠者"的痛苦的想象,这要比我们聪明。奉献出一切,却有什么都不肯定,这是这些作品的命运,也许是它们的伟大。——作者原注

代后记：

荒诞·反抗·幸福
——谈谈加缪的《西绪福斯神话》

郭宏安

20世纪，特别是第二次世界大战前后成长起来的那一批西方作家，大都有一种哲学的野心，他们不满足于观察和再现生活，而是试图对生活给以本体论的解答。他们当中自然有不少人流于空疏、抽象、甚至玄妙，但也的确有人成为一代青年的精神导师，例如萨特和加缪。这两个人的名字常常被人摆在一起，但他们之间的距离实在不可以道里计。如果说萨特以其艰深复杂的体系令人敬畏，加缪则以其生动朴实的经验使人感到亲切。萨特曾经指责加缪"痛恨思想的艰深"，对他的抽象思维能力颇有微词。这当然不能完全归之于两个人的反目。虽说加缪也曾在大学中主修哲学，但阿尔及尔大学显然不能与巴黎高等师范相比，他也没有跑到德国去研究海德格尔的本体论和胡塞尔的现象学。加缪对哲学有完全不同的理解，他本来也很有理由指责萨特背离了法国哲学的传统。加缪是在贫困中长大的，很早就被笼罩在死亡的阴影之中，因此，他始终在具体经验的描述中寻求哲理，用生活智慧的探求代替抽象概念的演绎。有人说加缪的书是写给中学毕业班的学生看的，话虽说得尖刻，透着浅薄甚至恶意，却也道出了几分真实，即加缪试图为步入生活的人提供某种行为的准则。因此，《西绪福斯神话》一出，立即受到在战争的废墟上成长起来的那一代青年的欢迎，成为他们在人生旅途上继续奔波的某种指南。

加缪的哲学是一种人生哲学，他关心的不是世界的本源或人的本质之类的问题，而是诸如人生是否有一种意义、人怎样或应该怎样活下去等伦理问题。我们读他的《西绪福斯神话》，得到的不会是思维的快乐和逻辑的满足，而可能是心灵的颤动和生活的勇气；我们记住的不会是有关"世界是荒诞的"等哲学命题的论证，而可能是"征服顶峰的斗争本身足以充实人的心灵"等格言式的警句。作为一部哲学论著，《西绪福斯神话》也许缺少思辨的色彩，但是作为一种人生智慧的探求，《西绪福斯神话》显然不乏启迪的力量。

　　有些以乐观自得的人读《西绪福斯神话》,很可能一开始便会被加缪的立论压得喘不过气来。什么"只有一个真正严肃的哲学问题,那就是自杀。判断人生值得生存与否,就是回答哲学的基本问题!"为人生勾勒出这样一幅图画,不是过于阴森可怕了吗?不是过于悲观绝望了吗?也许某些训练有素的哲学家更会跳起来,他们会说加缪偷换了哲学的基本问题,用生死观取代了宇宙观,抹杀了唯物主义和唯心主义之间的区别。对于前者,我奉献一句加缪本人说过的话:"希望和希望不同,我觉得亨利·波尔多先生的乐观的作品特别使人泄气。"亨利·波尔多(1870—1963)是一位倾向保守的作家,以维护传统的、资产阶级的道德观念自命,他的希望自然是存在于资本主义社会的秩序之中。对于后者,我则劝他们不必动肝火,应该允许有人把哲学的基本问题归结为生与死的问题,而不管什么物质第一性或者精神第一性。经历了第二次世界大战那样惨绝人寰的浩劫的人们难道没有权利问一问:这样的人生值得过还是不值得过?加缪是一个与蒙田有着深刻的精神联系的作家,后者有一句名言:"世界上最重要的事情就是认识自我。"加缪的《西绪福斯神话》无疑是"认识自我"的一种努力,是关于人和人生的一种探索。他要回答的问题不是"人是什么",而是"人的命运是什么",已然存在的人应该如何对待他的命运。

在西方,西绪福斯的故事由来久矣,他一直被当作勇气和毅力的象征。波德莱尔有诗曰:"为举起如此的重担,得有西绪福斯之勇;尽管人们有心用功,可艺术长而光阴短。"这"重担"的名字叫"厄运",西绪福斯纵使举得起,心中却充满了无可奈何的悲哀。然而加缪笔下的西绪福斯不同,他不但有毅力和勇气,他还有一份极难得的清醒,他知道他的苦难没有尽头,但他没有气馁,没有悲观,更没有怨天尤人。于是,西绪福斯成了一位悲剧的英雄,成了与命运搏击的人类的象征。

据希腊神话,柯林斯国王西绪福斯在地狱中受到神的如下惩罚:把一块巨石推上山顶,石头因自身的重量又从山顶滚落下来,屡推屡落,反复而至于无穷。神以为这种既无用又无望的劳动是最可怕的惩罚。关于西绪福斯为什么受罚,有几种不同的说法:有的说西绪福斯捆住了带他去地狱的死神;有的说他泄露了宙斯的一桩艳遇;有的说他生前犯了罪,如劫掠旅行者；还有的说他死后从冥王那里获准还阳去惩罚不近情理的妻子，然而，"当他又看见了这个世界的面貌，尝到了水和阳光，灼热的石头和大海，就不愿再回到地狱的黑暗中去了。召唤、忿怒和警告都无济于事"。于是，神决定惩罚他。

诸种原因之中，加缪更倾向于最后一种，而在这最后一种中，他的兴趣又专注于西绪福斯的重返人间之后，加缪告诉人们，使西绪福斯留恋人间的，是水，是阳光，是海湾的曲线，是明亮的大海和大地。他之受到神的惩罚，是因为他不肯放弃人间的生活，而人间的生活虽然有黑暗的地狱作为终点，但其旅程究竟还是可以充满欢乐的。

然而，加缪无意深究西绪福斯受罚的原因，他要探索的是受罚中的西绪福斯。请看在他的笔下展开的是一幅多么悲壮、多么激动人心的画面："……一个人全身绷紧，竭力推起一块巨石，令其滚动，爬上成百的陡坡；人们看见皱紧的面孔，脸颊抵住石头，一个肩承受着满是黏土的庞然大物，一只脚垫于其下，用两臂撑住，沾满泥土的双手显示出人的稳当。经过漫长的、用没有天空的空间和没有纵深的时间来度量的努力，目的终于达到了。这时，西绪福斯看见巨石一会儿工夫滚到下面的世界中去,他又得再把它推上山顶。他朝平原走下去。"好一个"他朝平原走下去"!极平淡,极轻松,极随便,然而这高度紧张之后的松弛蕴含着多么巨大的精神力量!我感到,一种充满了智慧的哲学家的冷静牢牢地控制着濒于爆发的小说家的激动。这时的西绪福斯是一个勇敢地接受神的惩罚的人,是一个与注定要失败的命运相抗争的人,是一个使神的意图落空而显示出人的尊严的人。他没有怨恨,没有犹豫,不存任何希望。他明明知道劳而无功,却仍然"朝平原走下去",准备再一次把石头推上山顶。

然而,加缪真正感兴趣的还不是把石头推上山顶的西绪福斯,因为这还不是惩罚的所在;他真正感兴趣的是眼看着自己的努力化为泡影却又重新向平原走下去的西绪福斯,因为这才是真正的惩罚:"用尽全部心力而一无所成。"加缪写道:"我感兴趣的是返回中、停歇中的西绪福斯……我看见这个人下山,朝着他不知道尽头的痛苦,脚步沉重而均匀。"这时的西绪福斯是清醒的、坦然的,准备第二次、第三次、无数次地把巨石推上山顶。无数次的胜利后,面临着的是无数次的失败,他不以胜喜,亦不以败忧,只是每一次失败都在他的心中激起了轻蔑，而轻蔑成了他最强大的武器，因为"没有轻蔑克服不了的命运"。

就这样，加缪把西绪福斯的命运当作了人类的命运，把西绪福斯的态度当作了人类应该采取的态度。他的结论是"征服顶峰的斗争本身足以充实人的心灵。应该设想，西绪福斯是幸福的"。这就是说，人必须认识到他的命运的荒诞性并且以轻蔑相对待，这不仅是苦难中的人的唯一出路，而且是可能带来幸福的唯一出路。对于西绪福斯来说，"造成他的痛苦的洞察力同时也完成了他的胜利"。胜利的喜悦和失败的痛苦原本是一个东西，使它们分裂为两种经验的是盲目的希望，而使它们化合为幸福的则是冷静的洞察力。有了这种洞察力，人就可以在奋斗的过程中发现幸福，而不把希望寄托于奋斗的终点，因为终点是没有的，或者说终点是无限的。加缪指出："失去了希望，这并不就是绝望。地上的火焰抵得上天上的芬芳。"西绪福斯的幸福在平原上，而不在山的顶峰上；在他与巨石在一起的时候，而不在巨石停留在山顶的那一刹那间。

西绪福斯的喜悦表现为沉默，他在沉默中"静观他的痛苦"。西绪福斯的沉默和静观包孕着加缪的荒诞哲学的完整的幼芽，这棵幼芽将通过他的另一部著作《反抗者》长得枝叶繁茂。这是反话，我们这里面对的还只是西绪福斯和他的巨石，即人和他的命运。

加缪的哲学被称为"荒诞哲学"，这使我们明白了，他为什么一度给《西绪福斯神话》加了个副题："论荒诞"。"荒诞哲学"的要义被概括为"新人道主义"，这使我们明白了，他为什么这样结束《西绪福斯神话》："应该设想，西绪福斯是幸福的。"荒诞也好，幸福也好，都是人的事情，从荒诞到幸福的桥梁唯有人才能够架设。

"荒诞"固然是加缪哲学的基本概念，但他是把这一概念作为"已知数"来对待的，他无意在《西绪福斯神话》中建立一种"荒诞哲学"，对此，他仅止于列举荒诞的几种表现，例如：一、"一个能用歪理来解释的世界，还是一个熟悉的世界，但是在一个突然被剥夺了幻觉和光明的宇宙中，人就感到自己是个局外人。这种放逐无可救药，因为人被剥夺了对故乡的回忆和对乐土的希望。这种人和生活的分离，演员和布景的分离，正是荒诞感。"二、人是受时间支配的，但人有时也必须支配时间，当他发现自己已经三十岁了，他就确立了他对时间的位置，因此他感到了死亡的威胁，并由此而产生恐惧。他希望着明天，但这明天却是与死亡相联系的，是他本该加以拒绝的。"肉体的这种反抗，就是荒诞。"三、一片风景可以强烈地否定我们赋予它的幻想的含义，一个熟悉的、爱过的女人也可能突然变得陌生，"世界的这种厚度和这种陌生性，就是荒诞"。四、人本身也散发着非人的东西，"这种面对人本身的非人性所感到的不适，这种面对着我们自己的形象的无法估量的堕落，这种如当代一位作者所说的'恶心'，也就是荒诞"。凡此种种，是加缪提到的荒诞的表现。如他所说，这都是一些"明显的事实"，他可以举得更多，不止此四端，我们也可以毫不费力地加以补充。当然，这只是对人生的一种看法，也许过深地打上了时代的烙印。换一个时代，人们可能更倾向于把世界描绘成一个理性的乐园，把人生看作是一条鲜花盛开的坦途。实际上，比起人对世界的态度，把人生和世界看作什么样，用明亮或阴暗的色彩来描绘它们，都是不那么重要的。重要的恰恰是人对世界的关系以及他所取的态度。悲观和乐观这样的字眼，只是当它们与一个人的具体生活联系在一起的时候，才是有意义的。

加缪的论据似乎将导致这样一种结论：人生不值得过。但结果并非如此，他得出了一种全然相反的结论。关键在于如何找出荒诞产生的原因。加缪认为，荒诞并不产生于对某种事实或印象的考察确认，而是产生于人和世界的关系，这种关系是一种分裂和对立。一方面是人类对于清晰、明确和同一的追求；另一方面是世界的模糊、矛盾和杂多。也就是说，对于人类追求绝对可靠的认识的强烈愿望，世界报以不可理喻的、神秘的沉默，两者处于永恒的对立状态，而荒诞正是这种对立状态的产物。"非理性，人类的怀念和从它们的会面中冒出来的荒诞，这就是一出悲剧的三个人物。"这里的"会面"至关重要，人，世界，荒诞，三项缺一不可。加缪反对肉体上的自杀，因为这就意味着取消了人，此后发生的事情将与人无关。加缪也反对哲学上的自杀，因为，虽然海德格尔、雅斯贝尔斯、克尔恺郭尔、舍斯托夫、胡塞尔等人揭示了一种共同的气氛：焦虑，恐惧，绝望，非理性，对荒诞的体验等等，宣布"什么都不明确，一切都乱七八糟，人只是对包围着他的墙具有明智和确切的认识"，但是，他们或是把荒诞加以神化，或是把荒诞等同于上帝，或是回避人类的怀念，或是"把一种心理的真实作为一种理性的准则",总之,他们或是陷入永恒的理性、或是主张绝对的非理性,实则分别地取消了三个人物中的两个:怀念着同一的人和使人的呼唤落空的世界,从而也就以"跳跃"的方式逃避了荒诞。这就是哲学上的自杀,为加缪所不取。因此,加缪说:"我感兴趣的不是荒诞的发现,而是其后果。"

加缪的荒诞哲学有一条重要的原则,即:"不可能通过否定荒诞的方程中的某一项来取消荒诞。"这就是说,要解决人和世界之间的矛盾,不可能依靠人的自弃或弃世,必须求助于其他途径。加缪从荒诞的发现中推论出三种后果:一、挑战,也就是反抗。荒诞迫使人对其生活环境提出挑战,反抗形而上的不公和人为的不公;人终有一死,但"要未曾和解地死,不能心甘情愿地死"。"反抗贯穿着生存的始终,恢复了生存的伟大。"这第一个后果使加缪将肉体的自杀和哲学的自杀通通排除在人类应取的生活态度之外。二、自由,行动的自由。荒诞由于取消了对"来日"的希望从而否定了"形而上的自由"、"自在的自由"和"永恒的自由",给予人的却是"行动的自由"。人意识到荒诞,于是就生活在一个"灼热而冰冷的、透明而有限的宇宙"中，他的所作所为不能越过这个宇宙，因为"过了这个宇宙，就是崩溃和虚无"。人可以把"现实的地狱"做成他理想的"王国"，这就是他的行动的自由。这第二个后果使加缪提出一种有别于萨特的存在主义自由观的另一种自由观。三、激情。要在一个摈除了希望的宇宙中生活，需要一种穷尽现有的一切的激情，而荒诞的人的理想，就是"一个不断地有意识的灵魂面前的现存以及现存的继续"。这理想并非一种寄希望于未来的幻想，而仅仅是支撑着人之一生的"反抗的热烈的火焰"。这第三个后果促使加缪号召人们"义无反顾地生活"。反抗，自由，激情，这是加缪发现荒诞之后从中引出的三种后果，这三种后果最终导致一种行为的准则，即："重要的不是生活得最好，而是生活得最多。"这当然不单是个数量概念，而是要人"感觉到你的生活、你的反抗、你的自由，而且要尽其可能"。总之，加缪为意识到荒诞的人提出这样一条行为准则：义无反顾地生活，穷尽现有的一切，知道自己的局限，不为永恒徒费心力。

荒诞的人是那些"试图穷尽自身的人"，他们在时间"这个既局限又充满可能的场地中"，能够凭着唯一可以信赖的清醒的意识而享受人生。加缪声称这并非一种"伦理的准则","而是形象的说明和人类生活的气息",这与他试图为人们提供某种行为的准则并不矛盾,只不过说明他厌恶将这一切看成某种封闭自足的体系罢了。加缪举出四种人作为荒诞的人的典型,他们是唐璜、演员、征服者和创造者(例如小说家)。唐璜是一个普通的诱惑者,他追求爱情的数量而非爱情的质量,他因有清醒的意识而体现了荒诞性。演员深入角色,模仿其生活,这就等于在最短的时间内体验最多的生活,因此,他的光荣虽然是短暂的,却是不可计数的。征服者意识到人的伟大,他们攻城略地正是为了与时间结盟而抛弃永恒,他们的行动乃是对命运的反抗。总之,"征服者是由于精神、唐璜是由于认识、演员是由于智力"而成为智者,即"那种靠己之所有而不把希望寄托在己之所无来生活的人"。不过,最荒诞的人却不是他们,而是创造者。小说家创作小说,就是"试图模仿、重复、重新创造他们的现实",而"创造,就是生活两次",这是一种"最典型的荒诞的快乐"。"伟大的艺术家首先是一个伟大的享受人生的人",他知道他的创造没有前途,可以毁于一旦,他并不追求"传之久远",而只是"无所为地"劳动和创造。加缪说:"也许伟大的作品本身并不那么重要,更重要的是它对人提出的考验和它给人提供了机会来克服他的幻想并稍稍更接近他的赤裸裸的真实。"这句话既是对作者说的,也是对读者说的,因为阅读本身也是一种创造行为,无论读者完成了怎样的理解,都可以说是生活了两次,是"模仿、重复、重新创造他们的现实"。马尔罗说:"艺术就是反抗命运。"加缪的"无所为地"进行创造也是一种对命运的反抗,而幸福就存在于反抗的过程之中。

荒诞,荒诞的人,反抗,自由,激情,幸福……这些概念在加缪的笔下,都有一种特殊的内涵,其特殊性在于加缪的人道主义。这是一种在对人类浩劫的感受和反思中形成的人道主义。他试图告诉人们,没有希望并不等同于绝望,清醒也不导致顺从,人应该认识到他的唯一的财富是生命,而生命既是必然要消逝的,同时又是可以尽量加以开发的,人应该而且能够在这个世界中获得生存的勇气,甚至幸福。他提出的"荒诞",就是"确认自己的界限的清醒的理性"。他拒绝了永恒,同时就肯定了人世间的美和生命的欢乐。加缪写作《西绪福斯神话》时还不到三十岁,那种斩钉截铁并且不乏高傲的口吻也许有损于逻辑,却处处洋溢着一种青年人的蓬勃之气。也许有鉴于此,人们往往不大理会这本书的哲学上的幼稚和错误,而专注于加缪在战争的阴云和疾病的魔影中所迸发出来的生的激情。我亦作如是观。